白銀の狼と魔法使いの卵

CROSS NOVELS

成瀬かの

NOVEL:Kano Naruse

小椋ムク

ILLUST:Muku Ogura

CROSS NOVELS

CONTENTS

CROSS NOVELS

CONTENTS

白銀の狼と魔法使いの卵

成瀬かの

Illust 小椋ムク

Presented by
Kano Naruse
with Muku Ogura

CROSS NOVELS

「女の子がいるなんて聞いてない。帰る」

店員に案内された半個室の中を見るなり阿波谷圭介《あわやけいすけ》は足を止めた。ぼそりと帰宅を宣言すると、後ろにいた石野《いしの》と賀瀬《かせ》に待て待て待てと背中をブロックされる。

「いいじゃねーか、喜べよ。可愛い女の子とお喋《しゃべ》りできる貴重な機会をやるっつってんだ」

小洒落《こじゃれ》たワイン酒場の一段上がったフロアを素通しのガラスで区切っただけの半個室の中では三人の女の子が何やら囁《ささや》き合っていた。ちらちらと向けられる視線は期待に満ちている。

最初からおかしいと思っていた。石野たちとは大学の専攻が同じだが別に親しくも何でもない。それどころか阿波谷のことを図体ばかりがでかいイケてない奴だと格下に見ている節がある。飲みに誘われた時は驚いたし正直に言えば気が進まなかった。それでも誘いに乗ったのは、年上の幼馴染みの言葉が頭を過《よ》ぎったからだ。

——けーは世界が狭すぎ。興味なくても知り合った人の名前は全部覚えなきゃ。誘いも、変なのじゃなければ断らないで行った方がいいよ。今は好きなことにしか関わらなくてもいいかもしれないけど、社会人になったらそういうわけにはいかないんだから。今のうちに、積極的に人間関係を広げて慣れておかないと。

なるほどと阿波谷は素直に思った。

持って生まれた性質なのだろう。阿波谷は小さな頃からマイペースだった。

興味のあることについては寝食を忘れて集中する代わりに、どうでもいいと思ったことにはとことんまで無頓着《むとんちゃく》。服は最近まで母親が勝手に補充してくれるものを着ていたし、自分で買うようになってからも膚触《はだざわ》りがよくて楽なのが第一でかっこよさは二の次だった。限界までほったらかされぼさぼさになった髪で流行とはかけ離れた服を纏《まと》い平気で大学に行く。対人関係においてもずぼらもいいところで、必要がなければクラスメートの名前さえ覚えない。中学高校のクラスメートの名前を半分も覚えていないことを知った幼馴染みはたいそう呆れた顔をしたものだ。

だからたまには頑張ろうかと思ったのだが、これはない。

「俺、つきあっている奴、いるし。こういうのは、いい」

しかも、野郎ばかりの飲み会だと思ったから恋人に店名をメールしてしまった。恋人の勤める会社が近かったから、早く仕事が終わるようなことがあったなら一緒に帰れるかもしれないと思ったのだ。まあ、恋人が早く帰れることなど滅多にないのだが。

「はあ⁉　嘘つくなよ。おまえに彼女なんかいるわけないだろ。いいから来いって！　一人あぶれる女の子が可哀想だろ」

乱暴に腕を摑まれ、半個室に引きずり込まれる。強引に座らされた席は六人掛けのテーブルの真ん中だった。正面の席も両隣の席も女の子で固められてしまい、阿波谷は人並み外れた長軀を硬くする。

「こんにちはー」

「……どうも」

……まあ、いい。

阿波谷はこういう場で女の子たちの標的《ターゲット》にされた試しがない。一時間くらいつきあって石野たちの顔を立てたら理由をつけて離脱すればいいだろう。

ワインのボトルが運ばれ、ぎこちない会話が始まる。

もっさりとしている上、あまり喋ろうとしない阿波谷にも気を使って話し掛けてくれる女の子たちはおそらくいい子なのだろうが、興味はない。

初めてできた恋人とつきあい始めてからまだ三ヶ月、ベッドを共にするようになってからたった一ヶ月しか経っていないのだ。一緒にいない時でも阿波谷の頭の中は恋人のことでいっぱい、どんな美女も南瓜《カボチャ》と大差ない。

「阿波谷さんはどちら出身なんですかあ?」

そろそろ引き上げようかと思う頃、グラスを持った手に触れられ目を上げると、正面に座った女の子が上目遣いに阿波谷の顔を覗き込んでいた。もう随分と酔っているらしい。手を伸ばしたついでにテーブルの上に突っ伏しそうになっている。前のめりの体勢のせいでシフォンのブラウスの中に下着っぽいキャミソールが見えたが、何も感じない。

もし目の前にいるのが阿波谷の恋人なら、酔ってとろんとした目を向けられるだけで血が滾るのに。

「俺は、地元」

「都会っ子なんですねえ。おうち、どの辺りなんですかあ?」

「……成城《せいじょう》」

ぼそりと答えた途端、正面の子だけでなく両隣の女の子までがすごーいと華やいだ声を上げ、阿波谷はしまったと臍《ほぞ》を噛んだ。

石野と賀瀬が恐ろしい目で阿波谷を睨《にら》みつけている。

どうやら女の子たちは三人の仲良しグループで、その中の二人が石野や賀瀬といい雰囲気になりつつあるらしい。だが、残る一人の女友達を仲間外れにするわけにはいかないというので、石野たちがもう一人男を連れてくることになった。女の子たちは連れてこられた男と彼女がうまくいけばいいと思っていたらしいが、石野たちに自分が霞《かす》むような男を連れてくるつもりはない。そこで冴えない阿波谷を引っ張り出してきたのに、案に違《たが》い女の子たちの熱い視線をかっさらわれてしまった。

——やることが雑過ぎる。

石野が狙っているらしい女の子がワインボトルを取り、阿波谷のグラスの上で傾ける。

「私、高校の時、小田《お だ》急《きゅう》線《せん》で通学していたんです。知らないうちにニアミスしていたかも。阿波谷さんは高校はどちらに行っていたんですか？」

答えたくなくて視線を泳がせていると、ちりんとベルの音がしてワイン酒場の扉が開いた。新たに入ってきた客を何気なく見た阿波谷の心臓が止まる。

恋人だ。

店内を一瞥《いちべつ》した恋人の視線もまた阿波谷の上で止まった。薄く色づいた唇に笑みを浮かべかけたものの途中で止め、片方の眉だけ器用に上げる。阿波谷の置かれている状況に気がついたのだ。

慌《あわ》てて確認した携帯電話には電波が届いていなかった。入り口では大丈夫だったのに。

冷たい汗に腋《わき》の下が湿る。本当は全然そんなことはないのだが、今の自分は女の子に囲まれて喜んでいるように見えないだろうか。

「阿波谷さんー？　ね、どーこー？」

隣の女の子に腕を揺すられ動揺した阿波谷はうっかり言わずに済ませたいと思っていた母校の名を口にしてしまった。全国に轟《とどろ》く有名男子校の名にまたしても女の子たちがすごーいと歓声を上げ、阿波谷は蒼褪《あおざ》める。

やっぱり石野と賀瀬を殴ってでも店を出ればよかった。

恋人の顔色を窺《うかが》う阿波谷の耳に、石野のやたらと大きな声が飛び込んでくる。

「へえ。でも、阿波谷見ると安心するよなー。有名校出身の奴なんて雲の上の存在みたいに思っていたけど、毛玉だらけのニットで平気で大学来るんだもんなあ。見てこれ。こんなん着てきて恥ずかしくねえの？」

阿波谷は己の服を見下ろした。あたたかくて気に入っている臙脂《えんじ》のニットには確かに裾《すそ》に毛玉ができていた。

「それにさー、家が成城ってんなら金持ちなんだろーに、おまえ何でそんなむさくるしー頭してんの」

賀瀬が髪に触ろうと手を伸ばしてきたので仰《の》け反《ぞ》って避ける。

——別に成城に住んでいる人間全員が金持ちってわけじゃない。

たかが地名に飛びつく女の子も、ムキになる石野も程度が低すぎる。飲み代を叩《たた》きつけて店を出ようと財布に手を伸ばしたところで、視界を分厚く覆っていた前髪がすくい上げられた。

「えっ」

「そうだよね。むさ苦しすぎるよね、この髪」

阿波谷は凍りつく。後ろから聞こえてきたのは恋人の声だった。

「え、嘘っ」

いきなり見知らぬ人間が半個室に入ってきたというのに、女の子たちも石野たちも前髪がなくなり露出した阿波谷の顔を凝視している。その間に恋人の器用な指が掻き上げた髪を後ろでくるりとねじってゴムで留めてしまった。

「こうすれば凄くいい男なのに。そう思わない？」

恋人に問い掛けられた正面の席の女の子がこくこくと頷《うなず》く。

「お、思います……っ」

「つか、あんた誰！」

唖然《あぜん》としていた石野が我に返り、つっけんどんに突っ込んだ。

「僕？　僕はこの子の幼馴染み。……ね？」

阿波谷は頭を仰け反らせ、逆さまになった恋人の顔を見上げる。

どくんと心臓が大きく跳ねた。

恋人はやわらかな笑みを浮かべていた。いつもと同じように。

——いや、違う。全然違う。

「ごめんね、見たらおしめをしている頃から知っている顔がいたから、つい。もう退散するね。お邪魔しました」

髪に触れていた体温が消える。ひらひらと手を振りつつ半個室を出ていく年上の幼馴染み――恋人の背を呆然と見送りかけ――、阿波谷は大きな音を立てて立ち上がった。

「帰る」

「え？　何で？　もっと一緒に飲も－よ」

「連絡先っ！　交換しよ？」

追い縋《すが》る声を無視して数枚の札をテーブルの上に置く。恋人は既に店を出ようとしていた。

「いつ兄！」

呼んだのに聞こえなかったのだろうか。出ていってしまったので、阿波谷も店を飛び出す。飲食店の連なる通りは明るく、人で溢《あふ》れていた。まだそう遅い時間ではないのに酔っぱらいも多い。阿波谷も歩きだしてから足元がふらつくことに気がついた。

――誤解だと、言わないと。

左右を見渡して恋人の背中を見つけ、走って追いかける。酔っているせいか雲の上を走っているかのようにふわふわした。

「待って、いつ兄！」

恋人が足を早め、ちょうど信号が青になった大通りに踏み出す。次いで横断歩道に飛び出した阿波谷が恋人の肩を摑もうとした瞬間、さっきまで一緒に飲んでいた女の子の悲鳴のような声が

聞こえた。

「阿波谷くん！」

真横から強烈なヘッドライトの光が浴びせかけられる。

変だなと頭の隅で思った。横断歩道の上に掛かった歩行者用の信号は間違いなく青だ。ということは横から来る車の信号は赤のはずなのに、光源はどんどん迫ってきているような気がする。

目を横に向けて確認するより早く軀《からだ》の側面に衝撃が走った。何とも言えない厭《いや》な音が聞こえて視界が回転し、目の前にいたはずの恋人は——

+　+　+

夢を見た。変な夢だ。

阿波谷は狼で、やわらかい草の上を走っている。見たこともない花が咲き乱れる世界は美しく、四肢には力が漲っており、どこまでも駆けてゆけるような気がしたが、狼は恐ろしく孤独だった。

夢の中で阿波谷《狼》は思う。もういいか、と。

——って、何がもういいんだ？

目が覚めたら、冷たい土の上に転がっていた。周囲に広がっているのは夜の森のようだ。

ここはどこだ？　俺はどうしてこんなところにいる？

混乱しつつ携帯電話を取り出そうとして、阿波谷は愕然《がくぜん》とする。肘《ひじ》の関節が思う方向に曲がらなかったからだ。

手首の先には長い割に不器用な五本の指の代わりに、肉球と鋭い爪つきの獣の前肢《まえあし》がついていた。毛玉のできたニットではなく毛足の長い白銀の毛皮が阿波谷の膚を覆っている。

何で俺の手にこんなのがついているんだろう。俺はまだ夢を見ているのだろうか？

阿波谷は跳ね起き、上半身を捻《ひね》って全身をあらためようとした。そうしたらさっと逃げてゆく白いものが視界の端に入り、その場で文字通り飛び上がる。

今度は何。

視界の右端に揺れるそいつを捕まえようと右へ回る。するとそれも同じ早さで右へと逃げた。右へ、右へ、ひたすら右へ……。

――って、俺は癒《い》やし系動画の犬か！

その場でぐるぐるぐるぐる回転した後、足を滑らせて転がった阿波谷はぺったり上半身を地面に伏せ、両前肢で鼻面を押さえた。

阿波谷が追いかけていたのは自分の尻についていたしっぽだったのだ。

はあはあと喘《あえ》ぎつつ、阿波谷は落ち着きを取り戻そうとする。

順番に思い出そう。ここへ来る前、俺は何をしていた？

ふっと頭に浮かんだのは、振り返りかけた伊月《いつ兄》の後ろ姿だった。

――そうだ、いつ兄はどこだ？　一刻も早く誤解を解かないと――。

続いて視界の端に急激に迫る巨大なトラックのバンパーのイメージが頭の中いっぱいに広がり、阿波谷は全身の毛を逆立てる。

待って。何これ。

だが、イメージは止まることなく流れてゆく。女の子の悲鳴に回転する視界までくると、阿波谷は歯を食いしばった
こんなのは嘘だ。俺がトラックに轢《ひ》かれるなんてこと、あるわけない。

それにもし阿波谷が轢かれたならば、すぐ目の前にいた伊月《いつき》は――。

阿波谷は全身をぶるぶるっと震わせた。ついつい獣じみた行動を取ってしまうのは、この姿のせいだろうか。

高い梢《こずえ》には大きな赤い月と小さな黄色の月、二つの月が掛かっている。異常な事態を象徴するかのような空を見上げつつどうしようか考えていると、へたっていた耳がぴんと立った。

伊月の声が聞こえた。

凄く遠くてかすかだったたが、阿波谷は伊月の声を聞き違えない。

阿波谷は地を蹴り走りだした。高い梢から漏《も》れ入る月光以外明かりはなかったが、獣になった阿波谷の目には森の中の様子がはっきりと見えた。

藪《やぶ》を飛び越え倒木を蹴り、緩やかな傾斜を上って下りて山を一つ越えた頃、明かりが見えてくる。

何、あれ。

一台の馬車が松明《たいまつ》を持つ男たちに囲まれていた。揺れる炎に馬車の傍《かたわ》らで油断なく剣を構えた壮年の男の姿が浮かび上がる。伊月はその男の背後に庇《かば》われていた。

……？

男はよくテレビにＣＭで流れるモバイルゲームの登場人物のような珍妙な格好をしていた。剣だけでなく中華風の文様が入った服や防具まで身につけている。灰色の髪は真ん中でわけられ、うなじで一つにくくられているようだ。顔立ちは西欧人と東洋人のハーフなのか両方の特徴が入り交じっている。

伊月も中途半端に中華風の衣装を着ていた。男が薄墨を溶かしたような冴えない色味を纏っているのに対し、伊月が着ている服は色鮮やかで、丈も長く動きにくそうだ。その上にケープのような上着を羽織り、フードを目深《まぶか》にかぶっている。

馬車と二人を取り囲む十人近い男たちは鉈《なた》や斧《おの》など、様々な武器を振り翳《かざ》していた。野盗なのだろうか。じりじりと包囲の輪を狭《せば》めつつある様子は伊月たちを襲おうとしているかのようだ。

阿波谷は暗がりの中で耳を澄ませる。口火を切ったのは伊月を守る男だった。

「わかっているのか。貴族に手を出したらただでは済まんのだぞ」

野盗たちは嗤《わら》う。

「はーっはっは！　そりゃ捕まればの話だろう。野郎ども、馬と坊ちゃんは絶対に殺すなよ。傷つけた奴は取り分なしだ。護衛は確実に息の根を止めろ。わかったな！」

首領らしい男の命に、野盗たちがおおと呼応する。気迫の籠もったどよめきには決死の覚悟のようなものまで感じられた。演技にはとても見えない。

じりじりと距離が詰まってゆく。

「っ、イーユエさま、馬車の中に！」

灰色の髪の男が伊月を乱暴に馬車へと押しやった。

「シェンムーは？　シェンムーも！」

「いいから言うことを聞いてください！」

事態は切迫している。どうすべきか阿波谷は迷う。尖《とが》った爪や牙《きば》を用いれば野盗たちを引き裂くのは簡単だろうが、鉄錆《てつさび》めいた血のにおいや牙に感じるであろう肉のやわらかさを想像するだけで吐き気がした。

——そうだ。

暗がりからわざと開けた場所に飛び出し、月光を浴びる。

遠吠えを上げると、野盗たちは夜の森に浮かび上がる狼の姿に気がつき動揺した。

「狼《おおかみ》!?　くそ、どうしてこんなところに……っ」

好機とばかりにシェンムーが攻勢に出る。斬りつけられた野盗は何とか得物《えもの》で受け流したものの、すかさず突っ込んできた狼の頭突きを受け吹っ飛んだ。

「くそ、行くぞ！」

野盗たちが潮が引くように撤退し始める。

伊月は一応は馬車に乗り込んだものの半身を乗り出し心配そうにシェンムーを見ていた。

よかった。無事だった。

阿波谷はほっとして伊月へ駆け寄ろうとする。でも、ことは思うように進まなかった。

「来るな！　あっちへ行け」

月光を反射して鈍く光る剣の先が阿波谷に突きつけられる。シェンムーが伊月との間に割って入ったのだ。シェンムーの目は敵愾心《てきがいしん》に満ちていた。まるで阿波谷が血に飢《う》えた野獣であるかのように。

――野盗を追い払うのを手伝ってやったのに。

かっと軀が熱くなる。だが、今の阿波谷は人の姿をしていないのだから仕方がない。阿波谷は伊月を見つめる。

いつ兄。いつ兄ならわかってくれるよね？　姿形こそ変わってしまったけれど、ここにいるのは俺だって。

だが、伊月はすぴすぴと鼻を鳴らし主張する阿波谷から後退《あとずさ》った。

――俺がわからないのか、いつ兄……！

がつんと頭を殴られたかのような衝撃を覚え呆然としていると、シェンムーに斬りつけられた。とっさに飛び退いたものの前肢に灼けつくような痛みが走り、阿波谷はキャンと悲鳴を上げる。信じられない思いで見上げた先では、伊月がシェンムーの袖《そで》をちょんと摑んでいた。

……っ！

恋人になる前から伊月は阿波谷にとって特別な存在だった。優しくて何でもできるこの五歳年上のお兄ちゃんの後を幼い頃の阿波谷は追いかけて歩いたものだ。伊月は色んなことを阿波谷に教えてくれた。赤い花を摘んでつけ根を吸うと甘いこと。抜けた歯は屋根に投げること。それから、キスの仕方。

最後に、振り返りもせずワイン酒場を出ていこうとする伊月の背中が脳裏に蘇《よみがえ》る。やっぱりあの時伊月は怒っていたのではないだろうか。だから本当は何もかも全部わかっているのに阿波谷のことがわからないふりをして仕返ししようとしているのではないだろうか。

阿波谷は奥歯を噛み締めた。

もしそうだったのなら、伊月が本当に自分のことがわからなくなっているのでなかったなら、どんなによかったろう。

身を翻《ひるがえ》し、暗い森の中を走る。馬車が見えなくなってからしばらく経った頃、いきなり木々が切れて大きな湖が目の前に広がった。水際まで行き黒い鏡のような水面を覗き込み、阿波谷は息を呑《の》む。

狼がいた。

それも恐ろしく大きく、獰猛《どうもう》そうな狼だ。闇に浮かび上がる白銀の毛並みは畏敬《いけい》の念を呼び起こすほど美しい。こんなのの中身が知り合いだなんて、普通は思わない。

——いつ兄は悪くない。悪いのは恋人だからわかってくれるに違いないなどと期待した自分だ。

狼はとぼとぼと湖を離れると、高く浮いた大木の根の隙間《すきま》に軀をねじ込み丸くなった。前肢の傷からは血が流れ続けており、止まる気配すらない。消毒と縫合《ほうごう》が必要だが、病院を見つけられ

ると は思えなかった。狼らしく舐《な》めて治さねばならないのだろうか。
……っ！
大声で叫び出したくなった。
一体何がどうしてこんなことになってしまったんだ？　石野たちの誘いに乗った罰か？
考えても答えがわかるはずはなく、狼は暗がりの中で震え続ける。

＋　＋　＋

阿波谷は女の子に興味がなかった。他の男たちは彼女が欲しくて欲しくてたまらないようだが、阿波谷は趣味や勉強に忙しく時間がいくらあっても足りないほどであったし、そもそも好きだと思える子がいない。漠然と出会いを求めて時間を浪費するなんて馬鹿げている、いくら自分でもそのうち好きな子ができるだろうし、すべてはその時に考えればいい。そう思いのんびり構えていたのだが、いつまで経っても『好きな子』はできなかった。高校から大学へと進むうちに周囲はいつの間にか彼女持ちばかりになり結婚する者まで現れ、阿波谷もさすがに漠然《ばくぜん》とした焦《あせ》りを覚え始める。
好きな人すらできないなんて、ちょっとまずいのではないだろうか。男として……人として。

焦っても好きな人など簡単にできるものではない。皆どうやって恋を始めるのだろう。

こういう時はリサーチだ。

阿波谷は早速コンビニでシュークリームを買うと自宅の前を素通りし隣家のインターホンを押した。平日の夕方だから伊月はまだ帰宅していなかったが母親が概《おおむ》ね何時頃に帰ってくるか教えてくれる。夜になって出直してもまだ伊月はいなかったが、赤ん坊の頃からのお隣さんである。部屋で待っていればいいと言われ、阿波谷は二階へと上がった。転がっていた座布団を引き寄せて胡坐《あぐら》を掻き、ベッドに寄り掛かって携帯電話を弄《いじ》っていると十分も経たないうちに伊月が帰ってきた。

扉を開けてネクタイを緩めながら部屋に入った伊月は、ふと目を上げて阿波谷がいるのに気がつくとびくっと肩を揺らした。

「……けー?」

幽霊でも見たかのような顔をしたところを見ると、母親から阿波谷が来ていると聞かないまま上がってきたらしい。

「いつ兄、久しぶり」

スリープモードにした携帯電話をスウェットのポケットにしまいながら阿波谷は軽く頭を下げる。

「びっくりした。……幻覚かと思った」

「ごめん、いきなり。これ、どーぞ」

もそもそと言い、シュークリームの入った袋を差し出すと、伊月は目元を和ませた。

「しばらく見ないうちに随分と大人になったね、けー。また背、大きくなった？」

風呂上がりでまだ湿っている髪を指で梳《す》かれる。まるでわんこ扱いだ。

「今、百八十センチちょい」

「僕より十五センチも大きいんだ！　ごめんね、先に着替えていいかな」

「ん」

伊月がトレンチコートを脱いでハンガーに掛ける。どこかやわらかさを感じさせる所作やスレンダーなシルエットはかつてと何も変わっていないのに、ネクタイを抜く時の手慣れた仕草や白いワイシャツに包まれた背中に『大人』を感じてしまい、阿波谷は座布団の上で折り曲げた長軀をもじもじさせた。

「仕事。大変？」

「うん、同僚が一人クビになっちゃってね」

伊月が草臥《くたび》れた溜息をついた。

「誰より頑張って会社のために尽くしていた人だったんだ。忙しいのに皆に目を配って、気を使うことも忘れない人で尊敬していた。ああいう人が下らない行き違いであっさり切られるのを見てしまうと、虚《むな》しくなっちゃうよね。上の人たちは結局僕たちのことなんて簡単に替えの利《き》く存在としか思ってないんだ……って、やめようか。愚痴《ぐち》なんか楽しくないし」

「俺はいつ兄の話なら何でも聞きたいけど」

学生時代から愛用しているチェックのネルシャツに袖を通しつつ振り返った伊月が苦笑する。

「それで、今日はどうしたの？」

阿波谷は少し躊躇《ためら》ったものの切り出した。

「その。いつ兄って恋人、いる？」

襟元《えりもと》を直していた伊月の手が止まった。

「……今は、いないかな」

今はということは、かつてはいたのだ。予想通りの返答なのに胸の内がざわざわして、阿波谷は落ち着かない気分になる。

「好きな人は？」

スーツのズボンは着替えないまま、伊月がベッドに腰を下ろした。茶色がかった瞳が阿波谷を見下ろす。

「……どうしてそんなことを聞くのかな。好きな人、できたの？」

ごく自然に頭を撫《な》でられ、阿波谷は伊月にもたれ掛かった。

「逆。今まで一人もいないから、聞いてみたくなった」

「一人もいないって……彼女が？」

驚く伊月の声はなぜかやけに嬉しそうに聞こえた。阿波谷はもごもごと口籠《くちご》もる。

「それ以前に、好きな人も」

「ええ？　好きな人もいたことないの？」

「やっぱり、変？」

むくむくと膨《ふく》れ上がる不安に頭を仰け反らせると、伊月はくしゃくしゃと阿波谷の髪を掻き回した。やわらかな指の感触がマッサージされているようで心地いい。

「うーん。どうかなあ。変かって言えば、僕の方がよっぽど変だし……」

「いつ兄のどこが変なんだ？」

阿波谷から見れば伊月に変なところなど一つもない。驚いて問うと伊月は困ったような笑みを浮かべた。

「ヒミツ」

どうして隠すんだろう。胸の中のざわざわが大きくなる。

「いつ兄は好きな人、いたことあるんだろ？　どうやって好きになったか知りたい」

「どうって……いつの間にかとしか言いようがないかな。最初は懐いてくれて可愛いなって思った程度だったけど、そのうちごつごつした手が好みだなとか、ふとした瞬間の表情にきゅんとしてしまうようになって……気がついたら好きになってた」

僅《わず》かに頬を上気させ好きな人について語る伊月の顔は恋する人そのもので、阿波谷は狼狽《ろうばい》する。

考えてみれば阿波谷は伊月に女の影を感じたことがなかった。伊月は好きな人について阿波谷二十一年も一緒にいたのにこんな顔をした伊月を阿波谷は知らなかった。

に一切教えてくれなかったのだ。

裏切られたような気分に襲われたものの、阿波谷は一番でないと厭だと癇癪《かんしゃく》を爆発させる子供ではない。

「いつ兄は、ごつごつした手をした女の人が好みなのか」

何か言わねばと思って無理矢理口にした言葉に他意などなかった。うっとりと夢見るような目をしていた伊月が顔を強ばらせたのを不思議に思いはしたが、それだけ。

でも、二日後、大学図書館でレポートのための文献を読み込んでいる最中、唐突に気づいた。

伊月が好きな人って、本当に女か？

＋　＋　＋

雨が木々の葉を打つぱたぱたという音が聞こえた。

冷たい水に腹の毛を濡らされ目覚めた狼はくしゅんと一つくしゃみをする。太い幹を伝ってきた雨水が阿波谷のいる窪《くぼ》みに流れ込んできていた。水嵩《みずかさ》はみるみるうちに増しつつあり、ほんの数分で腹毛ばかりか全身浸かってしまいそうな勢いだ。

あたたかい風呂に入りたい。このままでは風邪を引いてしまうかもしれない。

——はは、狼が、風邪を引く、か。

目が覚めても阿波谷は狼の姿のままだった。

窪みからのっそり這《は》い出て躯を震わせると、水滴が飛ぶ。前肢からの出血は止まったようだった。密集する毛のせいで怪我の状態はよくわからないが別にいい。見えてもどうせ処置できない。随分と長い間何も食べていない気がするのに空腹感は遠かった。

これからどうしよう。

狼は梢の間に覗く灰色の空を見上げる。

——いつ兄。

伊月も気がついたらこの世界にいたのだろうか。

——でも、いつ兄は、大丈夫そうだった。

伊月はいい服を着ていた。守ってくれる人もいた。己の置かれた状況に戸惑っている様子もなかった。

当然かもしれない。伊月は何でもできるし、魅力的だ。阿波谷と違い、生まれながらにして愛される才能を持っている。

——違うよ、けー。

その時ふっと脳裏に伊月の横顔が浮かび上がった。

暑い夏の日だった。伊月の、ボタンが全部外されたヘンリーネックのTシャツの胸元を汗が伝い落ちていた。

——お察しの通り僕はゲイで、普通じゃない変な奴だって他人《ひと》に知られることをずっと恐れていた。人の目が気になって仕方がなかったから愛想良く振る舞っていただけで、才能なんかない。

けーにも嫌われたくなかったから全力でいいお兄ちゃんをしていたんだって言ったら、がっかりする？

狼はぶるぶると頭を振る。

がっかりなんかするわけない。いつ兄はいつ兄だ。

——だが、いつ兄は俺を怖がった。

しつこいぞ。姿が変わってしまったんだから仕方がないだろう。いつ兄にはもう拘らない方がいい。今の自分ではいつ兄を脅《おび》えさせるだけだ。それに下手に近づいたらあのシェンムーという男に斬り殺されてしまうかもしれない。

自分がいなければ、いつ兄は問題なく生きていける。新しい恋人だってできるかもしれない。

ぶわっと全身の毛が逆立った。

——厭だ。

ふつふつと何かが軀の奥底から込み上げてくる。

そんなの、絶対に、駄目。

いつ兄は俺の恋人だ。狼になってしまっただけで俺のいつ兄を好きな気持ちにはいささかの翳《かげ》りもない。それなのに諦める？　他の男に渡す？　そんなこと、できるわけない。

狼の青灰色の瞳が闇の彼方《かなた》を見据える。

怖がられるなら姿を見せなければいい。森は広い。また野盗に襲われる可能性もあるし、シェンムーに伊月を守りきれるとは限らない。シェンムー自身が変な気を起こす可能性もある。

守るためなら、いいよね？

阿波谷は夜の森の中、走りだす。治りかけの前肢がずきずき痛んだが、そんなもの、もうどうでもよかった。

＋　＋　＋

馬の蹄《ひづめ》の音が変わる。ようやく森を抜け、街に着いたらしい。伊月は瞑っていた目を開き、そっと馬車の窓を覆う日除けを開けた。

前方には馬車が二台並んで通れるほど巨大な門が聳《そび》え立っている。その奥に広がる街は活気に溢れていた。灰色の瓦《かわら》屋根を載せた二階建ての店がずらりと並ぶ通りに、街に入ったばかりの馬車に群がる物売り。

物売りには獣耳としっぽがついている。通りの先、おそらく街の中心部の上空には旋回する火竜の姿もあった。

外から賢木《シエンムー》の声が聞こえる。

「銀の翼亭へはどう行けばいい？」

「あっち、大通りを行け。すぐ看板が見えてくる」

「どうも」

　御者台にいる賢木は見えないけれど、話し相手の姿は見える。武装した厳つい男の姿に伊月は身震いし、日除けを引き直した。街を守る衛兵だと頭で理解していても威圧的な姿に軀が竦《すく》む。森で何度も賊に襲われたせいだ。

　誰かがこんこんと車体を叩く。

「おにいさん、立派な馬車にへこみがついちまってるぜ。こっちは斧の跡だな？　これは獣の爪の跡か？」

「目がいいな」

「貴族さまの紋つき馬車で護衛も連れずに森を渡ってくるとは、随分と命知らずだな」

「仕方がない。そうしろというのが公の命だ」

「悪いこたァ言わねえ。もしまた街を出るなら護衛を増やしてもらえ」

「願い出て許されるものならとっくにそうしてる」

　兵たちの相手をする賢木の声は不機嫌だ。伊月の世話をするのが厭で仕方がないのだろう。

　貴族である伊月の馬車はすぐに門を通され、街のメイン通りを進んだ。一際大きく立派な建物の前で停まると、外から扉が開けられる。

「伊月《イーユエ》さま、宿に到着しました」

「ありがとう、賢木」

　伊月は頭巾《フード》をかぶり、馬車から出た。

きしきしと軋く木の階段を登り宿に入ると、すぐに飾りたてられた部屋へと通される。賢木は伊月の部屋に旅行鞄を運び込み中身を衣裳簞笥《クローゼット》の中に収めると隣の自室へ下がった。普通の貴族は身の回りのことなど何もできず、従者がつきっきりで世話を焼くのが普通らしかったが、伊月はずっと御者を務めてくれた賢木を休ませてやりたかったし、大きな声では言えないがこの男と一緒にいるのは気詰まりだった。

一人になった伊月はゆったりとした頭巾を後ろに撥《は》ね除《の》ける。すると押さえつけられていた耳がふるん！と揺れ、立ち上がった。大きな鏡の中を覗き込めば、そこには頭の上部左右から薄く丸い鹿《しか》の耳を生やした少年がいた。

蜂蜜色《はちみついろ》の頬は赤ん坊のもののようになめらかだ。髪の色は黒に近い胡桃色《くるみいろ》だけど、鹿の腹毛のような白がところどころに混じっている。瞳の色も黒に近い。

外衣《がいい》を脱ぐと、短いしっぽが露《あら》わになり、ぴるぴるっと揺れる。

「うーん……」

椅子の背もたれに脱いだ外衣を掛け、伊月は鹿耳に触った。奇異なものでも見つけたかのように、何度も、何度も。

でも、それも外から物売りの声が聞こえてくるまでだった。伊月は顔を輝かせると、ぱっと前のめりになっていた軀を伸ばした。窓に飛びつくとうんと力を込めて掛け金を外し、めいっぱい押し開く。

「うわ……」

窓の下は水路になっていた。野菜や果物を山積みにした小舟が右往左往している。どうやらここでは小舟が商店になっているらしい。窓から身を乗り出した客の求めに応じてその場で瓜のような果物を割って渡したり、船の上に置いた七輪で焼いた食べ物を紙で包んだりしている。

「いいなあ。下に降りてみたいなあ。でも、きっと駄目だと言われるよね。内緒で出たら、きっと今よりもっと関係が悪くなるんだろうなあ……うー」

ぴこぴこ、ぴこぴこ。短いしっぽが左右に揺れる。

折角《せっかく》色んな街を旅しているというのに代わり映えのない日々に伊月は飽き飽きしていた。街に着いたら宿に直行。やってもいいことといったら湯浴みをして食事をして睡眠を取るだけで街歩きどころか買い物も許されない。

それからもしばらく窓の外を眺めていたものの、食事が運ばれてきたので窓を閉めた。食べている間に湯を運んでもらい、湯浴みも済ませる。ほとんど動いていないけれど、馬車に揺られるのは案外体力を消耗する。寝台に横になるとたちまち睡魔に襲われ、伊月はとろとろと微睡《まどろ》み始めた。

今日も無事、一日が終わった……。

領地を出発した当初は獣や野盗による襲撃が毎日のようにあったのに、この一週間は穏やかなものだ。辺境といわれる地域を脱したのだろうか。でも、衛兵は護衛もつけずに森を渡るなんて命知らずだと言っていた……。

目を瞑ったままふにゃりと口元を緩め、伊月は木々の間から差し込む月光の中に佇《たたず》む白銀の獣の凛《りん》とした姿を思い浮かべる。あれが最後の襲撃だったのでよく覚えている。あの狼はそれまで襲ってきたどの狼より美しく、恐ろしげだった。一つ一つの所作が優美で、青灰色の瞳も北の空に一際強く輝く星に似て揺るぎない。仄《ほの》かに光っているようにすら見える白銀の毛並みはふわっふわで触ったらとても心地よさそうだ。

狼の瞳はまっすぐに伊月へと向けられていた。

どうしてあの狼と会ってから襲撃がなくなったのだろう。あの狼が幸運を運んできてくれたんだろうか。

思わず賢木の後ろに隠れてしまったが、あの狼は他の獣たちと違って伊月たちを害そうとしているようには見えなかった。賢木が斬りつけたりしなければ、餌《え》づけできたかもしれない。もふりたかったなあ、あの狼……。

思考が徐々に溶けてゆく。だが、いきなりすぐ近くで声が聞こえ、伊月は覚醒した。

「ぎゃっ」

最初、夢を見ているのかと思った。

明かりの一つもない真っ暗な中、激しい息遣いが聞こえる。何かが床の上で激しく争っているようだ。

「なっ、何……っ？　誰……？」

誰何《すいか》してみたものの応えはない。その代わりにぐるるるるという獣の唸《うな》り声のようなものが聞こえた。

夢じゃない。獣もいる……！

伊月は跳ね起きると、寝台から飛び下りた。扉を開けると同時に廊下から流れ込んできた光の中に白銀のものがちらりと見える。

「シッ、賢木《シエンムー》！　賢木賢木！」

飛びつくようにして隣の部屋の扉を叩く。たった数度叩いただけで扉が内側へと開いた。

「伊月さま。こんな時間に騒ぐなんて、何を考えているんですか」

「でも、誰か、いる……っ！　僕の部屋の中に、人だけでなく獣も……！」

賢木の眉間に皺《しわ》が寄った。背を向けられ、伊月は寝台に戻る気かと焦ったが、賢木は剣と灯火を取ると戻ってきた。伊月の横を通り抜け大股《おおまた》に扉へ歩み寄る。灯火を掲げた賢木の後ろから覗き込み、伊月は鹿耳をぴんと立てた。室内は静かなものだった。開いた窓から月光が射し込んでいる。無造作に踏み込んだ賢木が灯火であちらこちら照らすも、誰もいない。

「誰もいないようですが」

「でも、確かにさっきは誰かいた。窓だって寝る前に閉めたのに」

「では、風で開いたのでしょう」

木で鼻をくったような返事に、伊月は鼻白《はなじろ》む。そうこうしているうちに、宿の主人が階段を上がってきた。

「どうかなさいましたか」

「うちの坊ちゃんが悪い夢を見ただけだ。何でもない」

「僕は寝ぼけてなんか……っ」

獣はいた。男もだ。絶対に間違いないのに賢木は強く伊月の腕を掴んで黙らせた。

「まだくだらないことで騒ぐ気ですか。忘れたんですか、公に月氏《ユエ》の者として恥ずかしくない行いをせよと言われたのを」

「……っ」

伊月の従者ではあるが、賢木の主は伊月の父である慓候《ビヤオ》だ。賢木の中では伊月より慓候の意向が優先される。どれだけ言い募ったところで伊月の言葉は賢木に届かない。

もどかしさに押し黙ってしまった伊月を見下ろし、賢木が面倒そうに言う。

「さあもう寝なさい」

「よろしければ、何かあたたかい飲み物でもお持ちしましょうか」

張りつめた雰囲気を感じ取ったのだろう。宿の主が気を使ってくれたが、賢木がお気遣いありがとうございますでも必要ありませんと撥ね除けた。

「では伊月さま、おやすみなさい」

部屋の中、立ち尽くす伊月に慇懃《いんぎん》無礼《ぶれい》な夜の挨拶《あいさつ》が投げかけられる。灯火一つない暗い部屋の中で伊月は強く唇を噛み締めた。

＋　　＋　　＋

空に火竜の姿はなく、人は案外頭上を見ない。街では屋根の上を歩けばいいのだと学習した阿波谷は晴れ渡った早朝の空の下、のんびりと散歩を楽しんでいた。時々止まって街の様子を眺める。

この一週間に訪れたどの街よりもこの街は栄えていた。市場にも朝から人が大勢集い賑やかだ。ただ、人が多い分怪しげな者も多い。

——ん？

山と詰んだ果実を売っている亜人の上で狼の視線が止まる。

——角のコンビニの子だ。

近所のコンビニでバイトしている女の子がそこにいた。こめかみから伸びた角さえなければ本人かと思うほどそっくりだが、客と冗談を言い合い笑う姿には十年も前からここで商売をしてきたかのような貫禄《かんろく》がある。

元の世界で知っていたのとそっくりな人を見掛けたのはこれが初めてではなかった。何がどうなっているのかわからないが、彼らに出会うたびに阿波谷の正気は揺らぐ。己の目に映るものが信じられなくなる。

——だっておかしいだろ。俺は幻覚を見ているのか……？

一通り見て回り伊月が泊まる宿屋へ帰ると、狼は陽射しにあたためられた瓦屋根の上でぺったりと腹這いになった。

獣は耳がいい。こうしていると、宿の上層にいる者たちの会話を盗み聞きできる。

「おはようございます、旦那さま。昨夜は特別室のお客さまが大変だったそうですねえ」

使用人なのだろうか。やけに色っぽい女の声が耳につく。相手は昨夜伊月に飲み物を勧めた宿の主のようだ。

「大したことはなかったよ。悪い夢を見られたそうだ。本人は賊に入られたと言っていたが」

「まあ。特別室は最上階ですよ？　賊など入れるものですか」

かちゃかちゃと茶器のぶつかり合う音が重なる。

「とにかく問題がなくてようございました。泊まっていらっしゃったのは月氏の方だったのでしょう？　こちらの不手際だという話になったらどんなことになるかわかりませんものねえ」

「うん、そうなんだがなあ。あの従者は……一体何なのだろう」

「と、おっしゃると？」

女と一緒に狼も耳をそばだてた。

「主に対する態度がどうも、なあ」

色んな貴族を見てきたに違いない宿屋の主の目から見ても、賢木の態度は従者のそれではないらしい。だが女の見方は違うようだ。

「お目付役なのでしょう。月氏といえば代々優れた魔法使いを輩出することで有名な血筋。辺境領を拝したのも魔法使いとしての才能と力量を買われてのことだと伺っておりますのに、三男の伊さまは魔力をほとんど持たずに生まれてきたという話ですから」

「そうなのかい？」

魔力？　魔法使い？　そんなものがこの世界には存在するというのか？

狼はびっくりしてもふもふの毛を逆立てる。

おまけに。

「ええ。魔法使いの血筋に生まれたなら誰もが十歳で入る魔法学舘《がっかん》に、十八歳になった今から入学試験を受けに行くそうですよ？」

「……おまえは一体どこでそういう話を聞いてくるんだろうねえ」

狼は宿屋の屋根の上でお座りすると、後ろ肢で首をこりこり掻いた。

どうやら伊月は月氏という血筋に連なる伊月《イーユェ》という人物として認識されているらしい。三男ということは、上に二人兄弟がいるということだ。しかも現在十八歳だという。阿波谷が知っている伊月は二十六歳になっていたというのに。

どういうことだ？　俺は顔が似ているだけの別人を恋人だと思って追いかけていたのか？

確かに最近伊月が縮んだように感じていた。だが、それだけだ。この一週間、遠くからではあるが眺めていて、阿波谷は伊月に違和感を覚えなかった。曲がりなりにも恋人だったのだ。違うならわからないわけがない……と思うのだが。

「う……っうう……っ。誰か……誰か、助けて……下ろしてくれい……っ」

考え込んでいると何とも耳障りな声が聞こえてくる。のっそりと起き上がった狼は屋根の端まで足を進めると、前肢を折って下を覗き込んだ。

貴族も泊まる高級宿であるこの建物は大きく、中心部は吹き抜けになっている。大きな果樹が茂っているせいで、中庭の上部の壁は廊下を歩く者たちからすらよく見えない。それをいいことに阿波谷は昨夜捕らえた賊を屋根の端にぶら下げていた。

静かにしろと言う代わりに、賊の頭を前肢でぺしぺし叩く。ごく軽くしたつもりだったのだが、襟首を屋根の飾りに引っかけられていた賊の軀が少しずり落ちた。

「わ、わかった。静かにしてるっ、静かにしてるから、殺さないでくれえ……！」

泣くぐらいなら悪いことなどしなければいいのに。

狼は賊の襟をくわえると、屋根の上へと引っ張り上げた。

「あっ、ありがてえ、助かった……っ！」

賊はすっかり救われた気でいるようだが、そうはいかない。狼は男をずりずり引きずり屋根を横断する。

「あ、ちょ、な、何する気だ……？　あっ、ああ……っ！」

端まで来ると、阿波谷は賊を拘束したまま三階建ての宿屋の屋根から隣の二階建ての民家の屋根へと飛び降りた。

「ひいっ！」

どすんという音と共に賊が悶絶《もんぜつ》する。そのまま幾つかの屋根を渡ると、狼は賊の軀を下ろし、頭でぐいぐい押して地面へと落とした。

「わあっ」

ちょうど建物の中から出ようとしていた男たちが、目の前に落ちてきた賊に驚き取り囲む。

「何だ何だ」

「どうした、大丈夫か？　酷い格好じゃないか」

伊月の部屋で狼と格闘した末屋根へと引きずり上げられ夜じゅう宙吊りにされた挙げ句にあちこちごんごんぶつけながら衛兵の詰め所の前へと落とされた賊はボロボロだった。しかし、犯罪者にとって衛兵は天敵である。助けを求めるわけにはいかない。

「だっ、大丈夫ですっ、へへ、全然大丈夫ですから……っ」

よろよろしつつも立ち上がり、逃げ出そうとする。

だが、とりわけ強面《こわもて》の男が賊の腕を摑んで引き留めた。

「待て」

賊の緩んだ服の合わせから首輪のようなものが摑み出される。

「なぜこんなものを持っている」

阿波谷は屋根の上から身を乗り出し、目を凝らした。

それは革のチョーカーのように見えた。白く太い輪には複雑な文字のようなものが描かれ、四ケ所に色石が揺れている。装飾品にしてはつけ心地が悪そうだし、何とも厭な感じだ。

衛兵たちには一目でそれが何かわかったのだろう。次の瞬間には声を荒げ、賊を地面に引き倒した。

「貴様っ、このところ近在を騒がせている人攫いの一味か⁉」

「ひえっ」

強面が一同の中で一番偉いらしい。胸の前で丸太のように逞《たくま》しい腕を組む。

「そういえば宿屋から、賊が入ったかもしれないという報告が上がっていたな」

「はっ、隊長。月氏の三男、伊月《イーユエ》さまが宿泊されていた部屋だったと聞いております」

緊張した面持ちの衛兵たちとは違い、賊を見下ろす隊長は悠然《ゆうぜん》としていた。

「それはまた大物を狙《ねら》ったものだな。さて、貴族を狙った人攫いは問答無用で縛り首だが、仲間のことを洗いざらい吐けば命だけは助けてやらんこともないぞ。どうする？」

酷い選択を迫られた賊は蒼褪める。

「お、俺は別に人攫いなんかする気は」

「なかったというのか？　だとしても、人の意思を奪う魔法具は禁制品だ。こいつを所持していただけでも縛り首になることに変わりはない」

――あのチョーカーにはそんな能力があるのか！

阿波谷は驚愕する。同時に危機感が募った。自分はこの世界について何も知らない。

「うぐっ」

「助かりたくないんならいいんだぜ。黙っていても」

しゃがみ込み視線を合わせてきた隊長の顔色を、賊は卑屈《ひくつ》な上目遣いで窺った。

「……喋ったら本当に助けてくれるんだろうな」

「ほう。罪人の分際で俺の言葉を疑うか」

「俺が仲間のことをゲロったところで坊への襲撃は止まねえんだよっ。あれを狙ってんのは俺たちだけじゃねえからな」

隊長が眉を顰《ひそ》めた。

「どういうことだ」

「噂が広がってんだ。月氏の三男坊が魔法学舘に向かってるっていう」

「身代金目当てか？」

隊長が呟《つぶや》くと、賊が鼻で笑う。無礼者と色めき立った衛兵たちを、隊長が片手を上げて制した。

「違うのか」

「月氏といえば、西の辺境領を任せられるほど優秀な魔法使いの血筋だぜ？　その三男坊なら強大な魔力を持っているに違いねえ。魔法使いになりたいって連中を客に取らせれば大儲けできる」

つまりこの男は、伊月に春をひさがせるつもりだったのか……？

「――――痴《し》れ者《もの》が！」

隊長が吐き捨てる。阿波谷もぎりぎりと屋根に爪を立てた。

あんなにしょっちゅう襲撃があったのは、そのためか。

伊月は気づいていないが、阿波谷は毎日のように武装した男たちを排除していた。伊月たちの馬車が随分と立派で金持ちそうに見えるとはいえ狙われすぎではないかと思っていたが、悪党どもに情報が行き渡っていたのなら理解できる。

――しかし、客を取らせるのと魔力に何の関係があるんだ……？

「月氏の三男坊はできそこないだってもっぱらの噂だが」

「おい」

衛兵の一人が口を滑らせ、仲間に怒られる。賊は開き直ったのか滔々《とうとう》とまくし立てた。

「そうか？　俺の聞いた話じゃあ、月氏の三男坊は病弱で領地のお屋敷で静養しながら大事に大事に育てられたってことになってたぜ？　まだ魔法学舘に入ってなかったのはだからだって」

隊長が壁に立て掛けてあった槍を取った。

「街道沿いの街々に伝令を走らせろ。縹候の子息を屑《くず》どもに渡すわけにはいかん」

「はっ」

衛兵の半数が散る。残った一人が賊を後ろ手に縛り上げ、もう一人がボロボロの賊の姿を改めてしげしげと眺めた。

「それにしてもおまえ、何だってそんな格好でこんなところに落ちてきたんだ？」

「それは――」

阿波谷はにやにやする。狼に襲撃を阻止されたという荒唐無稽《こうとうむけい》な話を衛兵たちがどう受け止めるか興味があったが、それ以上そこにとどまることはできなかった。

どすっという音と共に、目の前に鉾《ほこ》の穂先が飛び出してきたのだ。

「隊長⁉」

「屋根の上に何かいるぞ」

「ええ⁉　誰か、梯子《はしご》を！」

あの隊長だという男が槍で天井を突き破ったのだと理解するより早く、狼は身を踊らせた。

心臓がばくばく脈打っている。

もし口が利けたなら、危ないじゃないか怪我をしたらどうするんだと怒鳴ってやったのにと思っていると、ふっと冷たい声が聞こえたような気がした。

――いっそ死ねばよかったとあいつらは思ってるよ。だっておまえは狼だ。

足の下で瓦が崩れる。

体勢を立て直したものの、冷静さまでは取り戻せない。

そうだ。今の自分は獣でしかない。いいことをしたとしても理解してはもらえない。殺されたくなければ人はすべて敵くらいに思って身を隠し続けなければならない。よく考えてみれば阿波谷の置かれた現状はぞっとするほど恐ろしい。

別にいい。と阿波谷は虚勢を張る。おかげで阿波谷は恋人を守る力を得られたのだ。

――だが、あの子は本当に俺のいつ兄か?

ひとひらの迷いを胸に、阿波谷は走る。

＋　＋　＋

伊月がゲイだとわかってからは、坂を転がるようだった。

気がつけば伊月のことを考えてしまう。

どんな男がいつ兄の好みなんだ？

つきあっている相手はいないが好きな人はいるということは、いつ兄は片想いをしているってことか。

いつ兄ほどいい男が片思い。

伊月に想われておきながら応えようとしない男のことを思うと、じりじりと腹の底が灼けついた。

きっとその男は異性愛者なのだろう。彼女もいるのかもしれない。好きな人と彼女の仲睦《なかむつ》まじい様子を黙って眺めているいつ兄を想像したら切なくてちょっと泣きそうになった。

どうしてそんな奴を好きになんかなったんだ、いつ兄は。

いつ兄ほど魅力的なできた男はいない。いつ兄は愛想がいいのはゲイバレしないための演技であるように言ったが、つけ焼き刃なら襤褸《ぼろ》が出る。阿波谷に言わせれば、誰にでも好かれる人柄は既にいつ兄の本質だ。

——あんなに痛々しい顔、することない。

いつ兄なら、そいつに見切りをつけさえすればきっとすぐに恋人ができるに違いない。上品なバーとかでエリートサラリーマン風の男とデートするいつ兄の姿を想像してみる。同棲も始めるかもしれない。隣の家にいつ兄が帰ってこなくなると思うと淋しい気がしたが仕方がない。恋人とはそういうものだ。いつ兄はその男のことばかり考えるようになるし、暇ができればその男と過ごそうとするようになるだろう。割引券をもらったからと、映画や食事に誘ってくれることはなくなる。

——おかしい。だんだん厭な気分になってきた。

大好きなお兄ちゃんを取られるのが厭なのか？　だが、もうお互いに子供ではないのだ。いつかはお互いに好きな人ができて——いや、待て。

阿波谷の脳裏に、ふっとスーツから部屋着に着替える伊月の後ろ姿が浮かんだ。ネクタイを抜く仕草に感じた色香も——ゲイだと告白した時の脅えたような表情も。

ぞくりと不可解な痺《しび》れが背骨を駆け上がり——阿波谷は閃《ひらめ》く。

阿波谷がなればいいのではないだろうか。伊月の、恋人に。

かあっと軀が熱くなり、テンションが上がる。そうだ。それがいい。どうして今まで思いつかなかったんだろう。

すっかりその気になって浮つく気分の裏で、理性的な阿波谷がわめく。

待て。いつ兄にも選ぶ権利がある。そもそもいつ兄には既に好きな相手がいるのだ。それにキスやえっちを求められたらどうする？　応えられるのか⁉

阿波谷はきっと唇を引き結ぶと目を伏せた。恐る恐る想像してみる。伊月の裸身を。淫らに張りつめた性器を。そこを愛撫する己を。

「うわ」

それ以上の検証など必要なかった。阿波谷は確信した。俺はいつ兄の恋人になれる。

阿波谷は極めてマイペースで他人の目を気にしない。こうと決めたら迷わない。

その翌日、小さな花束を買った阿波谷は再び伊月の部屋で待ち伏せした。

いつ兄に好きな人がいようが関係ない。どうせいつ兄のよさに気づかない馬鹿野郎だ。そんな奴のことなど思い切って自分とつきあった方がいつ兄はきっと幸せになれる。――淋しい目をしなくてもよくなる。

帰宅した伊月につきあってくれと迫ったものの、年上の幼馴染みは意固地だった。からかっていると決めつけて、阿波谷の気持ちを信じようとしない。

だから阿波谷は本気だと証明しようとした。

どうやって？

簡単だ。キスしたのだ。

強引に抱き込んだ軀は阿波谷より一回り小さく、不安げに震えていた。伊月の唇は阿波谷に、ようやく自分も初めての恋を知ることができたのだと知らしめるのに充分なほどやわらかく、甘かった。

＋　＋　＋

かさかさと何かが鼻先で動く。

くちゅんとくしゃみをすると、狼は目を開いた。

子供の頃、伊月と見たことのある光景に似た眺めが目の前に広がっていた。狼の長く伸びた鼻面の上で、周囲の藪で木々の梢で何かが光っている。ただし光は点滅しない。光っているのは甲虫の尻ではなく、綿毛のような生き物の軀全体だからだ。ふわふわとしたものの間から六本の脚が生えているからこれも虫の一種なのだろう。

——伊月は蛍《ほたる》が好きだった。

阿波谷はのっそり起き上がって鼻息で光虫を飛ばすと、音もなく森の中を歩き始めた。

夜明けが近い。

ひどく腹が減って死にそうだった。狼になってから水と、街でくすねた僅かな食料しか口にしていない。獣を狩ればいいのかもしれなかったが、生肉なんか食べられない。不思議なことに、明らかにカロリーが足りていないのに軀は支障なく動く。

——チーターやライオンだってなかなか狩りに成功せず、何日も絶食するのは普通だっていうが……。

見晴らしのいい岩に飛び上がり周囲を見渡す。街道の横、木々が切れ地面が剝き出しになった場所に焚《た》き火《び》が見えた。揺れる炎に馬車の横腹に描かれた家紋が赤々と照らし出されている。

陽のあるうちに次の街に辿《たど》り着けなかった伊月があの中で眠っている。

静かに見下ろしていると、火の傍で灰色の髪を長く伸ばしたいけすかない男が剣を手に身を起こした。ようやく気づいたのだ。縄張りを侵《おか》された狼の群が馬車を包囲しつつあることに。

だが、警戒する必要などない。阿波谷がいるからだ。

わざと気配を消さずのっそりと藪へと近づいてゆくだけで狼たちが浮き足立つ。ボスらしい狼が毛を逆立て威嚇《いかく》するが、そんなものは虚勢にすぎない。

ぎん、と青灰色の瞳を据わらせ殺気を放てば、ボス狼がきゃんと悲鳴を上げて飛び跳ねる。がさがさとあちこちの藪が騒ぎ、狼たちがしっぽを巻いて逃げてゆく。

大抵の獣は阿波谷の気配があるだけで逃げ出した。人間には通用しないが、人里離れた森の中を抜ける街道である。悪党どもは大抵馬に乗っているし、馬は阿波谷のにおいに気がつくなり逃げようとする。一声吠《ほ》えるだけで総崩れだ。

こりこりと後ろ肢で首を掻いているうちに完全に狼たちの気配が消えた。これで一安心と再び眠るため森に戻ろうとした時だった。

いきなり全身の毛が逆立った。

——え、何……？

阿波谷はとっさに振り返り、街道を挟んだ向こうに広がる真っ暗な森に目を凝らした。

賢木《シェンムー》は剣を抜くどころかベルトに押し込み、馬を馬車に繋《つな》げ始めている。さすがの手際の良さで出発の準備を整え終わると、焚き火を消す手間も惜しんで御者台に飛び乗り馬に鞭《むち》をくれた。

急発進した馬車の中から伊月の寝ぼけたような悲鳴が聞こえたような気がしたけれど、それどころではない。

森から見たことのないモノがのっそりと出てこようとしていた。焚き火に映し出されたそれは人に似ていた。ずんぐりとした軀つきで二本脚で立ち、だらりと垂らした手には棍棒《こんぼう》のようなものを握っている。だが、焚き火を反射して白く光る瞳に知性は感じられなかったし、顔と掌《てのひら》以外は黒っぽい毛に覆われていた。

猿、なのだろうか。でも、こんなに禍々《まがまが》しく馬よりも大きな猿がいるだろうか。

それは阿波谷よりも馬車に気を取られているようだった。虚《うつ》ろな目を街道の先に向け、尖った牙が並ぶ口をぱかりと開ける。


――――!


首筋の毛が逆立った。獣の本能が危険を察知し警告する。一刻も早く逃げろ、でなければ死ぬと。

逃げたい。

でも、駄目だ。

逃げたがる軀を意志の力で無理矢理動かし、阿波谷はそれの横っ腹に突撃した。体当たりすると大木にぶつかったような手応えがあり、それがよろめく。同時に、大きく開いた口から白い炎の塊のようなものが迸《ほとばし》った。

――何だ、これは。

炎弾に当たった木が大きな音を立てて弾け、燃え上がる。阿波谷がとっさに体当たりしなければこの怪物は馬車が走ってゆく方角を向いたままで、弾けて燃え上がったのは伊月だったかもしれないと思うと震えが走った。

――なぜ生き物が火傷もせずに火を吐ける。あの破壊力は何だ。まさかあれが魔法――げっ！

呆然と燃える森を眺める阿波谷は隙だらけだった。棍棒が横っ腹に叩き込まれ、狼の巨体が吹っ飛ばされる。

――何て膂力《りょりょく》だ……！

数本の木をへし折った末、茂みの中に落下した阿波谷は再び小さく呻《うめ》いた。どれだけの力で殴られたのか、頭がくらくらする。全身が痛くて息もできない。

怪物の虚ろな目が、阿波谷へと向けられた。

『――イヌ、マズイ』

驚いたことに怪物はそう呟くと、再び伊月たちが消えた方へと向き直った。

ぞっとした。

あれは馬車に『おいしいもの』を期待しているのだ。

怪物がどすんどすんと地響きを立てて走りだす。棍棒を振るった時にも思ったが、鈍重《どんじゆう》そうな見掛けに反し怪物は俊敏《しゆんびん》だった。

行かねばと思うものの、後ろ肢が虚しく土を掻いただけ。立ち上がれない立て。追いかけるんだ。こうしている間にもあいつはいつ兄との距離を詰めている。もしあれが馬車に追いつきでもしたら――。

力を振り絞り跳ね起きると、阿波谷は全力で走り始めた。

でも、どうすればいい？　体当たりではあれを止められなかった。普通の獣ならば威嚇しただけで逃げるが、この怪物には効かない。棍棒を使うだけの知恵もある。

追跡に気がついた怪物が振り返りざま、棍棒を振るった。阿波谷は強く地を蹴ってひらりと攻撃を交わすと、いきなり横っ飛びに飛んだ。厭な予感がしたのだ。

狼の勘は過つことなく、怪物が炎弾を吐く。走りながらのせいか発動を急いだせいか先刻より大分小規模ではあったが、やはり背後に火の手が上がった。

森が明るく照らし出され、街道を走る阿波谷の足下に影が落ちる。

再び攻撃を受けたことで腹が据わった。

渾身《こんしん》の力を振るいもう一度地を蹴る。

狙ったのは怪物の首だ。

食らいつくと怪物は棍棒で阿波谷を殴ろうとした。しかし、身体構造上、背後にいる阿波谷を力いっぱい殴りつけるのは難しい。すぐ棍棒を投げ捨て、両手で引き剝《は》がそうとし始める。

狼は四肢を踏ん張り、すべての爪を怪物の肉体に突き立てた。顎《あご》に力を込め、牙を深く、もっと深く食い込ませようとする。

殺す気だった。気は進まないが仕方がない。この怪物は危険すぎる。

銃か弓、剣でもあればもっとマシだったろう。だが、阿波谷には何もなかった。牙が肉に食い込む感触が生々しい。口の中に広がる血の味に吐きそうになる。

怪物もやられるままではいなかった。見事な筋肉が盛り上がった腕で、狼の首をへし折るつもりなのだ。締めつける。

少しでも力を緩めたら死ぬ。

死に物狂いで踏ん張ったが苦しくて、だんだんと自分がちゃんと意識を保てているのかいないのかも判然としなくなってくる。

幸い、阿波谷が本当に意識を失ってしまうより早く、それまで酔っぱらいのようにふらつきながらも二本の脚で立っていた怪物が躓《つまず》いた。地面にしたたかに叩きつけられ、骨が折れたのではないかと思うほどの激痛があちこちに走ったが、倒れた衝撃で狼の牙は更に深く怪物の肉に食い入った。それまでの比ではないほどの勢いで血が噴き出し始め、首を締め上げる力が緩む。痙攣《けいれん》し始めた怪物から離れ、阿波谷はぜろぜろと喉《のど》を鳴らしつつ深呼吸を繰り返した。

そこら中、血だらけだった。

だが、怪物は死んだ。阿波谷が殺した。これでいつ兄は安全だ。

——くそ。

堪《こら》えられず阿波谷はえづき、空っぽの胃の中に僅かに溜まった胃液を吐き出した。

森が燃えているため、辺りは明るい。阿波谷はよろよろと死体から離れると、燃えているのとは反対側の森の中へと入っていった。こんな穢《きたな》い姿で伊月を追うわけにはいかない。水場を探して血を洗い流さねば。——何事もなかったかのように。

水のにおいを辿って見つけた川で身を清めると、阿波谷は再び伊月を追って街道を走り始めた。

森はまだ燃えているが、阿波谷にはどうしようもない。それに正直その時の阿波谷にはそんなことまで考えていられなかった。

いつ兄。

早くいつ兄のにおいが嗅ぎたい。無事な姿が見たい。折れそうな心を抱え、狼は夜の中、疾走する。

＋　＋　＋

門を潜った馬車が街の大通りを走ってゆく。阿波谷は見失わないよう気をつけつつ、大通り沿いの家々の屋根の上を併走する。何も食べていないが空腹感に苛《さいな》まれるどころか身が軽く感じられるようになっていた。今ならどこまでも駆けていけそうだ。

怪物と殺し合ってから、阿波谷はそれまでにも増して伊月に見つからないよう腐心していた。

――きっといつ兄が今の阿波谷を見たら、悲鳴を上げて逃げ出す。

血は綺麗に洗い流した。何日も経ったからにおいも残っていないはずだ。だが、阿波谷の鼻はふとした瞬間に鉄錆めいたにおいを嗅ぎ取る。どこかに腐敗した怪物の一部がこびりついている気がしてならない。

――きっとこびりついているんだ、本当に。怪物とはいえ、他者の命を奪ったりしたから。

罪悪感はない。後悔もしていない。だが、忘れることができない。

いつものように街でも一際大きな宿屋の前に馬車が停まると、阿波谷は屋根の上でごろりと横になった。

どうやら宿屋で一番いい部屋は最上階にあるものらしい。どの宿屋でも伊月の声を聞き取れないということがない。

いつ兄の声が聞きたい。

そう阿波谷は切望したが、話し相手である賢木が無愛想なせいで伊月もあまり話さない。話が弾んだら弾んだで嫉妬で殺したくなるに違いないからむしろこれでよかったのかもしれないが。

陽射しにあたためられた瓦の上で、狼はとろとろと微睡む。だが、熟睡はできない。恐ろしい怪物が血の海に横たわり息絶えてゆくさまを夢に見てしまうからだ。

最初こそ心地よかったものの三十分も経たないうちに阿波谷は四肢をびくりと痙攣させて飛び起きた。きょときょとと周囲を見回し、己が宿屋の屋根の上にいることを理解すると、再びぺそりと瓦の上に潰《つぶ》れる。耳を澄ますが、伊月の声は聞こえない。

ふと阿波谷は不安になった。伊月はちゃんと部屋にいるのだろうか。自分がうたたねしていた間にどこかに行ってしまっていたら、ここにいる意味がない。

阿波谷は一旦隣の建物に飛び移ると、ワンフロア下の庇《ひさし》へと飛んだ。足音を忍ばせ窓へと忍び寄り、後ろ肢で立ち上がって中を覗いてみて、仰天する。

伊月は風呂に入っていた。

真っ白な壁に囲まれた浴室には猫脚のバスタブと凝った装飾が施された衝立《ついたて》、それから水差しとコップが載ったキャビネットがあり、バスタブに横たわった伊月は縁に頭を、もう一方の縁にすらりと伸びた足を組んで乗せていた。

気持ちよさそうにくつろぐ伊月の頭の上には、一対の鹿耳があった。

ぴたん。

天井から落ちてきた水滴に打たれた片方の耳だけふるんっと揺れる。

白い斑点《はんてん》の残る薄茶の毛並みに覆われた鹿耳を、阿波谷は息を詰めしっぽの毛まで逆立て凝視した。

似合う――じゃなくて。

伊月の頭にあんなものはなかった。やはりここにいるのは伊月のそっくりさんであって伊月ではないのだろうか。

ずっと気になっていたのだ。これまで伊月は一度たりとも元の世界について話したことがない。ぴたんと水滴がまた落ちてきて、鹿耳が跳ね上がる。今度はそれだけでは終わらず、両耳共にぴるぴるっと動いて水滴を撥ね飛ばした。

――いや、結論を急いだら駄目だ。俺だって狼になった。鹿耳が生えたくらいで違うとは言いきれない。ここにいる確認はできたんだから、ひとまず屋根に戻ろう。誰かに発見されたら俺が狩られることになる。

だが、根が生えたかのように足が窓から離れない。だって鹿耳つきのいつ兄が可愛い。

そうしているうちに、伊月がコップへと手を伸ばす。窓の方へと背を向け膝《ひざ》立ちになった伊月の尻にぷりぷりと揺れる短いしっぽを認めた阿波谷の喉がごくりと鳴った。凍りついていた狼のしっぽが高速で揺れ始める。

鹿耳としっぽが生えた以外の変化は伊月にはないようだ。瘦《や》せて少し小さくなったように見えるのはきっと賢木が冷たくあたるせいだろう。ごつごつしていた自分とはまるで違う伊月の肉体は美しく、阿波谷は初めて目にした時にも同じ感動を覚えたことを思い出す。

好きだと告げてからも伊月は頑《かたく》なで、なかなかつきあってくれようとしなかったし、根負けして阿波谷の気持ちを突っぱねなくなってからも先に進もうとしなかった。

『もういい』

阿波谷が静かに切れたのはこんなことになるほんの一ヶ月ほど前だ。

血迷ってないでちゃんと女の子とつきあった方がいい、ご両親をがっかりさせては駄目だなどと言ったくせに、阿波谷が突き放したような言葉を口にすると伊月は傷ついた顔をした。

ずっとこの年上の幼馴染みのことを尊敬すべき点しかない兄のように思っていたが、つきあい（？）始めてわかった。伊月は時々とんでもない馬鹿になる。

欲しいものが手に入ったというのに喜ぶどころか何のかのと言い訳をして逃げようとする。二十一年もつきあってきたのに、阿波谷がどうしようもなく頑固で、こうと決めたら曲げない人間だということをわかっていない。『もういい』を伊月はこの恋を放棄しようとしていると捉えたようだが、阿波谷がそう諦めがいいわけがないのだ。

伊月は女性と結婚して子供を作って親を喜ばせるありふれた人生を歩むべきだと信じているよ

うだが、阿波谷にとっては己がいいと思うルートこそが正道だ。

竦み上がっている伊月を捕まえて担ぎ上げ、ベッドの上へと置き直す。

「な……何……？」

しつこく駄々を捏《こ》ねられていささか頭にきていなくもなかった阿波谷は無言で伊月にのし掛かった。

「け、けー？　怒ったの……？　何する気？　……あ……」

首筋にくちづけると、組み敷いた軀が弾かれたように揺れる。

「駄目……駄目だよ、けー。駄目……」

「俺は駄目じゃないと思う」

阿波谷は伊月の両手首をまとめて片手で押さえつけ、もう一方の手をシャツの下に忍ばせた。

「は……母が下にいる……っ、もし見つかったら……」

「おばさんはウチの親みたいに勝手にドアを開けたりしない」

平たい腹。

皮膚越しに肋骨《ろっこつ》の凹凸《おうとつ》がはっきりと感じられた。胸にぽつりと浮いた小さな突起を指先で潰すようにいじると、伊月の声が震える。

「ほら、俺は女の子じゃないからやわらかな胸もないし——」

「そんなの、子供の頃から知ってる」

何歳の時から一緒にいると思っているのだろう。一緒にプールに行ったことだってあるし、先日などは着替えているところを見たばかりだ。

「け、けー?」

掌の下で伊月の肺がふいごのように激しく動いている。阿波谷は伊月の手首の拘束はそのままに上半身を探るのをやめ、ベルトの下へと手を突っ込んだ。

「ひゃ……っ」

下着のゴムの下を通り抜け、自分に比べると薄いように感じられる下生えの上を通り過ぎ、性器を掌に収める。

「けー、駄目、きたない……っ」

それはほんの少し愛撫するだけで熱さを増し張りつめ始めた。

「だめ、だって……っ、言って、のに……っ」

泣きそうな顔で喘ぐ伊月の可愛さに、阿波谷の股間にも力が漲《みなぎ》る。

大好きだった年上の幼馴染みが阿波谷の掌で性的快楽を得、理性を失いつつあるのだ。

「やだ……、やだ……」

「気持ちいい？　いつ兄」

淫猥に手を動かしつつ首筋に顔を埋めると、かすかに汗のにおいがした。あまりにも官能的なにおいに頭の芯がくらくらと蕩《とろ》ける。もっともっといやらしいことがしたくなる……。

蜜を滲《にじ》ませ始めた先端の割れ目を指の腹で拭《ぬぐ》うようにすると、伊月が腰をひくつかせた。もっと触って欲しいとばかりに浮いた腰に、阿波谷は確信する。

これ以上我慢する必要はない。なぜならいつ兄だって本当は望んでいる。二人の関係が深まることを。

手首を拘束するのをやめても、もう伊月は抵抗しようとはしなかった。阿波谷は一旦手を服の中から抜き出すと、手早く伊月のベルトを緩めボタンを外し、下着ごとスラックスを引き下ろした。

――何て綺麗なんだろう。

体質なのだろうか。伊月の体毛は薄かった。足はいまだ少年のようなすんなりと伸びやかなラインを描き、雄臭さというものを感じさせない。充血しいきり立った性器も、恥ずかしそうに両腕で顔を隠す仕草も愛らしいばかりだ。

ちゃんと同意を得てからと思っていたけど、もういい。いつ兄を抱く。

尻ポケットから摑み出したゴムをシーツの上に置くと、伊月の顔がかあっと赤くなった。

「あ……ま、待って」

「待たない」

阿波谷は続いてベッドの足元に置いておいたビニール袋を持ち上げ、ベッドの上で逆さにする。スプリングの上で重そうに弾んだのはラブローションのボトルだ。

もう逃げられないとわかったのだろう。伊月が両手を突っ張って阿波谷の下から抜け出した。膝を立てて座り、俯《うつむ》いたまま両手で押し返すような仕草をする。

「待って。その、やめろとは言わないから、やるんなら――僕にさせて」

…………。

阿波谷は待てを命じられたわんこのように動きを止めた。

阿波谷が童貞で知識も経験もまるで足りていないことは伊月も知っている。口惜しいがここは伊月に任せるべきなのかもしれない。――決して年上の幼馴染みが手取り足取り指導してくれることを期待したわけではなく。

一旦ジャージのズボンを穿《は》くと、伊月は準備をしてくると言って部屋を出ていった。そのまま逃げる気ではないかと思わないでもなかったが、阿波谷はおとなしく部屋で待った。これまで伊月が約束を違えたことなどなかったからだ。伊月によく調教されているような気がしなくもない。

しばらくして戻ってきた伊月はドアに鍵を掛けると、阿波谷に服を脱ぐよう命じ、己もジャージのズボンを下ろした。残ったシャツとアンダーシャツも脱ぎ去る。

全裸になって伊月を振り返ると、ぱっと視線を逸《そ》らされた。どうやら脱ぐ様をじっと見られていたらしい。ごつい手が好みだと言っていたし、厳つい軀も好みなのだろうか。

百八十センチを軽く超えた阿波谷の肉体は筋張っており、伊月のようなしなやかさはない。どこもかしこもゴツゴツしていて硬そうだ。見た目だけなら阿波谷の方が伊月より年上に見えるくらいだ。

「……来て」

阿波谷に仰向けになるよう言うと、伊月は阿波谷の軀に跨《また》がり膝立ちになった。

阿波谷が持ってきたラブローションのボトルの封を切り、掌に押し出す。勢いよく噴き出したピンク色の液体がぼたぼたと茂みの上に落ち、阿波谷はその冷たさに思わず身を竦めた。

「あ……っあ、ごめん。こんなに緩いとは思わなくて」

「いつ兄が使ったことあるのは、もっとどろっとしていた？」

「……え？　あ、そ、そう……」

掌に溜めたぬめりを、伊月が足の間へと運ぶ。にゅぷっという音と共に伊月の指が蕾《つぼみ》に入ったのに気がついた阿波谷のペニスが、触ってもいないのに上を向き始めた。

「ん、ふ……っ」

だが、己の中を緩めるのに集中している伊月は気づかない。

「は、あ……っ」

まるで自慰をしているような伊月の姿に、阿波谷は魅入られた。先刻まで今にも爆発しそうなほど張っていたペニスは阿波谷のものより小振りだし、つんと尖った胸の先は淡いピンクだ。前のめりになり眉根に皺を寄せて手を動かす伊月は若々しく、年下の男の子に奉仕させているような背徳感を覚える。

「ん……っ、そろそろ……っと、え、何もしていないのに何で勃《た》ってんの？」

慣らすのをやめて指を抜き出した伊月が、阿波谷の股間を見下ろし狼狽した。阿波谷のモノが硬く反り返っていたからだ。

「いつ兄にえっちな姿見せつけられて、勃たないわけない」

「えっちな姿って……けーはもうっ」

顔を赤くした伊月がそろそろと腰を落とす。慣らしに使った時間が随分と短いような気がしたが、部屋を出ていた間にある程度準備してきたのだろうと阿波谷は己の中でつじつまを合わせた。

自分でも、本当に入るんだろうかと疑問に思うほど猛々《たけだけ》しい屹立の先にあたたかく濡れたものが触れる。ぐっと圧が掛かったものの次の瞬間ぬるんと滑って的《まと》が外れた。

「あ……っ」

「いつ兄、俺が支える」

腹筋を使って少し上半身を起こし、ペニスに手を添える。こうすればまた滑ることはないだろう。伊月が再び腰を落として、先端がにゅぐっと甘い肉に包まれ、そうして。

「……?」

なかなかそこから先に進まない。

不思議に思って見上げると、真っ青になった伊月が凍りついていた。

痛いのだろうか。それとも、まさか。

「いつ兄?」

「黙ってて」

待てを命じる声は余裕がないし、眉間にはつらそうな皺が寄っている。再び腰が沈められたもののの、またすぐ動きは止まってしまった。

これでは生殺しだ。

腰を突き上げ全部ねじ込んでしまいたい衝動を阿波谷は必死に押し殺す。そんなことをしたら多分、いつ兄が壊れてしまう。

半ば確信しつつ阿波谷は聞いた。

「いつ兄。今更だけど、セックスした、経験は？」

伊月は激怒した。

「ぼっ、僕を、一体いくつだと思って……っ」

他の誰を誤魔化せても、伊月に阿波谷は騙《だま》せない。

何ということだろう。この怒りは羞恥《しゅうち》の裏返しだ。驚いたことに、五歳も年上のこの幼馴染みは未経験だったのだ。

――いつ兄はわかっていない。他の女のとこへ行けとか言うならこんなことをしたら駄目だ。こんなことしたら、余計好きになるに決まってる。

阿波谷は腹筋だけで上半身を起こすと、伊月の腰を摑んで持ち上げた。僅かに刺さっていただけだったペニスがあっさりと抜ける。

「何す……っ」

怒って暴れようとする伊月を阿波谷は抱き込み、とんとんと背中を叩いた。

「落ち着いて、いつ兄。今日はここまでにしよう。次までに俺もちゃんと調べるから。無理しなくていい」

「厭だ、けー！　折角覚悟を決めたのに！」

伊月が怒れば怒るほど愛しさが募る。年上で尊敬すべき存在だった男が可愛くてたまらなくなる。

「いつ兄」

阿波谷は伊月を押し倒すと、再び両手首を押さえつけた。横向きに倒れた軀の上になった足を肩に担ぎ上げ、足の間に顔を伏せる。

「馬鹿っ、けー、何を……っ」

男のペニスなんて触りたくもないはずなのに伊月のものだと思うと愛《め》でたくなるから不思議だ。くわえ込んで愛撫し始めると、伊月はあっという間にとろとろになった。

「あ……っ、いや……っ、駄目、けー……、けー……っ！」

年上とは思えない可愛らしい痴態《ちたい》に煽《あお》られ既にたっぷり濡らされていた尻穴も弄ってやると、伊月は弱々しく下肢を痙攣させ射精した。

口の中に溢れた白濁を飲み下し、阿波谷はくったりと横たわる伊月の髪にキスする。

「気持ちよかった？　いつ兄」

「……ばか……」

「ごめん。すぐ済ます。少しだけ足の間、貸して」

「え……」

いきり立ったモノを太腿《ふともも》の間に突っ込むと、伊月は狼狽し逃げようとしたがこれくらいはしてもいいはずだ。逃げないように抱き込み激しく腰を前後させる。尻穴をほぐす際に垂れたローションでそこはぬるぬるになっていて凄く気持ちよかったけれど、終わってみたら伊月は顔を真っ赤にして泣いていて、意地が悪いかもしれないが阿波谷の胸はきゅんと疼《うず》いた。

早くこの可愛い人をちゃんと抱きたい。

——あの時と同じ気分になった。いつ兄を抱きたい。

食べてくださいとばかりに裸で窓一枚隔てた向こうにいるというのに、今の自分には言葉を交わすこともできない。下腹に凝り始めた熱が切ない。

これ以上は目の毒だ。屋根に戻ろうと窓に押し当てていた前肢を下ろし軀の向きを変え、阿波谷はびくっとした。黒ずくめの妙な男と目が合ってしまったからだ。

何でこんなところに人が——って、愚問か。

抜き足差し足忍び足、庇の上を伝ってきたということは、こいつもいつ兄を狙った賊に違いない。

阿波谷はすぐさま男に飛び掛かった。だが、三階の庇の上で足を踏み外せば男も自分も大怪我をするか死ぬことになる。どうしても手加減せざるを得なかったし、今度の襲撃者はこれまで捕まえた連中ほどプロフェッショナルではなかったらしい。

「わああ！　助けてくれ！」

大声でわめかれ、阿波谷は狼狽した。宿の者に気づかれ捕まって困るのは自分の方だろうになぜ騒ぐ！

早くここを離れなければ。

男の襟首をくわえたものの、ひどく暴れるため落ちそうで動けない。必死に壁に爪を立てていると窓の開く音がし、泡だらけの伊月が顔を覗かせた。

——何てことだ。

会うつもりのなかった阿波谷は狼狽した。

伊月は裸のまま、タオルの一枚も纏っていなかった。鹿耳をぴんと立て、茶色がかった黒い目を大きく見開き阿波谷を見つめている。

——この人がいなければ自分は未だ恋を知らずにいた。

切ないほどの愛おしさが胸を満たす。だが、今の阿波谷は狼だ。

死んだ怪物のイメージが頭を過ぎる。

堪えられず目を逸らした阿波谷の軀が、賊が暴れるせいでずり落ち始めた。

爪が白い壁に溝を刻む。後ろ肢で踏ん張ろうとしたものの、瓦を下に落としただけで落下を止めることができない。結局どうすることもできず、阿波谷は男ごと庇から建物の間を走る狭い路地へと落ちた。

幸い、落下地点には敷布の類を積んだ荷車があった。男も阿波谷も怪我はない。よたよたと絡まる布の中から抜け出すと、阿波谷は蹲《うずくま》って胃液を吐いた。

きっと伊月にはわかってしまったに違いない。自分が以前とは違う、ちなまぐさいにおいを纏っているのが。

しばらくして壊れた荷台から這い出てきた男の襟首をくわえると、阿波谷は路地の端へと引きずっていった。宿屋の正面は大通りに面している。左右を見渡すと、狼はちょうどやってきた衛兵の前に男を捨てた。目撃した通行人たちが騒ぎだすより早く横道に飛び込み姿を消す。それからわざと遠く離れた場所で姿を見せてから宿屋の屋根に戻った。

さっきの出来事を伊月がどう思ったのか知りたくて耳を澄ましてみたけれど、年上ぶる優しい声は聞こえない。ああだけど、聞くまでもない。伊月は阿波谷が人を襲っていると思ったに違いない。

心臓に締めつけられるような痛みを覚える。

――違うのに。俺はいつ兄を守ろうとしただけで、悪いことなんて何一つしていないのに。

切ないことに腹までぐうぐう鳴りだした。宿の厨房から立ち上るにおいのせいだ。

厨房？

違う。

屋根の端から覗き、ちょうど伊月の部屋の窓の前の庇に大きな肉の塊が載った皿があるのを見つけた阿波谷は鼻に皺を寄せた。

どうして肉があんな場所にあるんだ？

ここは宿の三階だ。阿波谷以外にこの窓を訪れそうな者といったら人攫いの一味くらいだが、まさかそんな輩《やから》のために肉を用意したりはしないだろうし、人攫いだって口にしやしないだろう。

もしかしたら毒餌《どくえ》かもしれない。阿波谷――伊月から見たら怖い獣――を殺そうと思って用意したのかも。

それならば。

阿波谷は静かに階下の庇に飛び移ると、肉に鼻先を寄せた。

伊月のにおいがした。

少しだけ表面を舐めてみる。苦くも酸っぱくもない普通の肉の味がし、口の中にじゅわっと唾液が溢れだした。

――それならば、もう、いい。

前肢で肉の端を押さえ、がつがつと貪《むさぼ》る。久しぶりに口にするまともな食べものはとてつもなくおいしく――陶然《とうぜん》と細めた目許に涙が滲んだ。

躯を張って守ったところで、どうせ伊月に理解されることはない。こんな姿である以上仕方がないとわかっていても、恋人に怖がられるのはつらかった。死ねば、先の見えない不安も、いつ飢えで動けなくなるかわからない恐怖も感じずに済むようになる。伊月に引導を渡されて逝《い》くのなら本望だ。

だが、いつまで経っても苦しくならなかったし、吐き気にも襲われなかった。

すっかり肉を平らげてしまった阿波谷は、未練がましく鼻の頭を舐めつつ考える。

どうして自分は死なないんだろう。伊月が毒を仕込み忘れたのだろうか。でも、あんなにしっかりしている伊月がそんなミスを犯すわけがない。ということはもしかしたら初めから毒なんて入ってなかったのだろうか？　まさかとは思うけれど、あの肉は純粋に阿波谷に食べさせたくて用意してくれたものだった？

わなわなと躯が震えだす。

そんなことがあるわけない。俺はいつ兄のけーではなく恐ろしい獣なのに。血のにおいまで纏っているのに。

でも、もしそうなら。これが自分のためなら。

阿波谷は空になった皿に鼻先を擦《こす》りつけ、かすかに残る伊月のにおいを肺いっぱいに吸い込んだ。

こんな汚らわしい獣のために餌《えさ》を用意してくれる伊月の優しさがこの上なく尊く感じられた。好きだという言葉では足りないほど感情が膨れ上がり、爆発しそうになる。でも、仕方がない。この世界で阿波谷を気に掛けてくれたのは伊月より他にいなかった。敵意以外のものを向けてくれたのも伊月だけ。今や伊月だけが阿波谷の世界を照らす光だった。

＋　＋　＋

話は少し遡《さかのぼ》る。

まだ早い時間から風呂に入っていた伊月は、窓の外に白銀の狼がいるのを見て驚いた。最初、幻覚かと思ったけれど、続く悲鳴に浴槽から飛び出す。

窓を大きく押し開くと、あの狼がすぐ横の庇の上で黒ずくめの如何《いか》にも怪しげな男を壁に押しつけていた。

幻覚じゃない、本当にあの時の狼がいる！

目が合ってしまった狼も驚いたのだろう。凍りついていたが、すぐに壁に爪を立てたまま男ごとずり落ち始める。

「あ、あ、あ……」

手を伸ばしたところで届くわけもなく、狼は瓦を巻き添えに落ちてゆく。

伊月は泡だらけの裸の上に薄物だけ纏って部屋を飛び出そうとしたものの、ちょうど廊下に出てきた賢木《シェンムー》に見つかり、猫の子のように襟を摑まれ浴室へと引き戻された。

「何て格好で外に出ようとしているんですか！」

今は伊月が仕えるべき相手なのに、この男は敬意の欠片も示そうとしない。ようやく身なりを整え渋る賢木をお供に下りた階下は大騒ぎになっていた。

「また人攫いが捕まったってさ」

「——の町でも——の町でも賊たちの根城が潰されて、捕まっていた女子供が隣国に売り払われる直前に救い出されたって話だよ」

伊月は必死に背伸びし、あるいはぴょんぴょん跳んで人垣の中を覗き込む。ちょうど、狼といた男が衛兵たちに引っ立てられてゆこうとしているのが見え、興奮した伊月は細い指先で賢木の袖を引いた。

「賢木、あの人さっき、浴室の外の庇にいた」

「は？　何を言っているんですか」

賢木より周囲に群れていた野次馬が反応する。

「何と、坊っちゃんがこいつらの標的だったんですかい！」

「無事に済んでよかったねえ」

わいわいと騒いでいると、衛兵の中でも立派な武具を身につけた偉丈夫《いじょうふ》が人垣を掻き分け近づいてきた。賢木に気がつくとふっと表情を緩める。

「久しぶりだな、賢木」

知り合いだったのか馴れ馴れしく肩を叩かれ、賢木は厭そうな顔をしたが、形だけは仰々《ぎょうぎょう》しく礼を取った。

「これは驟雨《チヨウユー》隊長」

次いで伊月へと向き直った驟雨の顔は衛兵らしく厳《いか》めしい。

「恐れながら伊月《イーユエ》さまとお見受けいたす。衛兵たちの長《おさ》を務めている驟雨と申す。少し話をお聞かせいただきたいのだが、お時間をいただいても？」

「あ、はい」

反射的に返事をすると、賢木が声を上げた。

「伊月さま！」

許可して欲しくなかったらしい。不満そうな賢木に構わず驟雨が片手で宿屋を示す。

「では部屋へお邪魔してもよろしいか？」

「それは……」

素早く断ろうとした、賢木を無視し伊月は頷いた。

「はい」

俄然《がぜん》面白そうな顔になった驟雨を連れ、部屋に戻る。伊月が長椅子《ソファ》に腰掛けると、賢木が従者らしく茶の用意をした。それぞれの前に茶が置かれると驟雨が口を開こうとしたが、賢木によって突っけんどんに遮《さえぎ》られる。

「何の用だ」

「割り込むな、賢木。俺は伊月さまと話しに来たのだ」

「伊月さまは四ヶ月前に高熱を出して生死の境をさまよった折にすべての記憶を失われた。貴族のしきたりもご自分の立場もわかっておられない」

驟雨は体重を後ろに傾け、片手で無精髭《ぶしょうひげ》の浮いた顎を擦った。

「それはまた。公はさぞかし胸を痛められたことであろうな」

伊月の口元に小さな笑みが浮かぶ。

「ん？　俺は何か妙なことを言っただろうか」

眉尻を下げた偉丈夫に、伊月は首を振った。

「ごめんなさい。僕、公の顔って出立前に一度見ただけでよく知らないので」

「では、兄上たちが代わりに……？」

「兄上たちとは一度もお会いしたことがありません。毎日お忙しいみたい」

驟雨は衝撃を受けたようだった。

「……ちょっと失礼。賢木！」

立ち上がって賢木を部屋の隅に連れていくと、声を潜め問いただす。

「どういうことだ」

賢木は肩を竦めた。

「隊長も伊月さまについては聞き及んでおられるのでは？　――魔力なしの出来損ないだと」

「だが今、貴殿等は魔法学舘に向かっておるのだろう？」

「ああ、不思議なことに何もかも忘れた途端、伊月さまが僅かにではあるが魔力に目覚められたからな。この歳で入学試験を受けようとすること自体恥曝《はじさら》しもいいところだが、月氏の子だ。魔力持ちなら鍛えないわけにはいかない」

「粗末な馬車で、護衛もおまえという腕が立つだけの問題児一人きりなのはだからか！」

二人がひそひそ囁き合っている間、伊月はくしくしと拳《こぶし》で耳を拭っていた。急いで身支度したせいでまだ毛が乾いておらず、気持ち悪いのだ。

密談をやめて戻ってきた驟雨が元の席にどっかと腰を下ろす。

「伊月さま。お聞きしたいのは他でもない、白銀の狼についてです」

黒目がちのやわらかな顔立ちが不思議そうに傾《かし》げられた。

「白銀の狼、ですか？」

「伊月さまが滞在された街々で次々と悪党が捕縛されているわけですが――」

「そうなんですか？」

「そうなんですが……まさか、ご存知ないのですか？」

「貴族は下々の者と軽々に話をするべきではないのでしょう？」

騋雨が賢木を睨みつける。

「――では質問しても無駄かもしれませんが、そういった街々では必ずといってもいいほど白銀の大きな狼が目撃されているのです。伊月さまの使い魔ではないかと思っていたのですが――」

「使い魔って、何ですか？　この世界には魔女がいるんですか？」

騋雨は、鳩が豆鉄砲を食《くら》ったような顔をした。

「ま、まじょ？　ですか？　いやその、動物を従える魔法があるのです。とても難しい魔法で使える魔法使いは少ないが、成功すればどんなに恐ろしげな魔物でも何でも言うことを聞くようになるという」

伊月は目を輝かせる。

「本当ですか？　凄い！　その魔法を習得したら、僕でも狼をもふれるってことですよね？」

「もふ、れる……？」

賢木が冷ややかに口を挟んだ。

「今隊長が言ったでしょう。とても難しい魔法だと。きっと伊月さまには使えません」

「賢木は意地悪ばかり言う。――残念ながら、悪い人たちが捕縛されていることは知りませんでしたし、狼がどう関わっているのかも僕にはわかりません。お力になれなくて申し訳ありませんが」

「いや、違うということがわかっただけでもありがたい」

武具をがちゃがちゃ鳴らしながら驟雨が立ち上がる。魁偉《かいい》な体軀を羨《うらや》ましそうに見上げながら、伊月も立ち上がった。

「ちなみに、もしあの狼が僕の使い魔だったとしたら、どんなお話をされるつもりだったんですか?」

驟雨は腰に佩《は》いた剣の柄《つか》に掌を乗せ、考え込む。

「――特には。目撃例の中には、狼に売り物の果物や串焼きを盗まれたというものもあるが、伊月さまの使い魔ならそんなことをするわけがない。主を持たぬ獣なら人を襲いかねないゆえ、対処せねばならないが」

伊月の鹿耳がぴこんと撥ねた。

「あ、やっぱりそれ、僕の使い魔です!」

「伊月さま!」

賢木が声を荒げ、驟雨が呵々大笑《かかたいしょう》する。

「あっははははは! 伊月さまはあの狼を気に入られたようだな」

「だってとても綺麗でしょう? もふったら気持ちよさそうだったし。それに僕のことを守ってくれているんじゃないかって大分前から思っていたんです」

「ほう」

それまでどこか他人事のように会話に応じていたのに、狼のこととなると声を弾ませた伊月に、驟雨は目を細める。

「だが、気をつけられよ、伊月さま。あれほど大きく美しいのだ。あれはただの獣ではなく、魔物かもしれぬぞ」

「魔物？」

伊月の目が大きく見開かれる。

「あるいは気高き霊獣かもしれぬ」

「霊獣……」

どこかふわふわした二人の会話を断ち切ったのはまたしても賢木だった。

「はっ、馬鹿馬鹿しい！　驟雨、帰るのだろう。下まで送ろう」

「主の護衛をしなくていいのか？」

「白銀の狼とやらに守られているらしいからな。それに次の街までは遠い。この街で食料を仕入れておかねばならん」

仲がいいのか悪いのかわからないがとにかく賑やかなやりとりをしながら二人が部屋を出ていく。一人きりになると伊月は宿の使用人になけなしの銀貨を渡し、こっそり頼み事をした。

味つけをしていない焼いただけの塊肉《ステーキ》、しかも伊月の腕一本分くらいはありそうな大きなのを大至急持ってきてもらう。

受け取った塊肉を伊月は皿ごと窓の外に出した。しばらく後、覗いてみると肉はなくなっていた。

戻ってきた賢木は伊月のしたことに気づかなかった。

＋
＋
＋

魔法学館は淡い桃色の石を敷き詰めた道の先にあった。遠くからも険《けわ》しい山の斜面に抱かれるように数棟の建物が点在するのが見える。子供の胸ほどの高さの石垣に囲まれた小さな山一つ分が丸々魔法学館の敷地だ。

人里離れた隔絶された空間のように見えるが、三十分も馬を走らせれば王都に着く。元々は王都にあったが、八年ほど前に誘惑を遠ざけるため移転したらしい。

入試に受かれば二年間、伊月はここにいることとなる。

石畳を駆け上がり門を潜ると、伊月はいつものように頭巾をかぶり馬車を降りた。頭巾をかぶると窮屈だが、ぴんと立った鹿耳は感度がよすぎる。たくさんのことを忘れてしまったのだから聞き耳を立てて情報収集した方がいいのかもしれなかったが、家族は魔力のない自分を一家の面《つら》汚《よご》し扱いしていたとか、ささやかな才能を開花させた今も伊月には何の期待もしていないらしいとか、そういったくちさがない噂話をこれ以上聞きたくなかった。

「入学試験を受けにいらした方ですね。受験生だけこちらにどうぞ」

門をくぐるなり黒衣《ローブ》を纏った少年——おそらく在校生だろう——が声を掛けてきて、案内してくれる。賢木《シエンムー》と別れ入った試験会場らしい天井の高い広い部屋には既に二十人ほどの受験者がいた。ほとんどは人間で、亜人は伊月ともう一人だけだ。十歳以上であれば誰でも受験できるという話だったが、受験生の半分は十歳になりたてのようだった。

不安そうな面持ちできょときょとしている子供の可愛いさに伊月は目を細める。

残りの半分も十代前半くらいだった。残る四人の年齢はばらばらで、一番上の男は三十歳近いようだ。

会場に並べられた丸椅子の一つに腰掛けると、伊月以外では唯一の亜人が寄ってくる。豪奢《ごうしゃ》な金髪を顎の高さで切り揃《そろ》えた男の子だ。整った顔立ちはどことなく高慢そうで、貴族の子だと一目でわかった。

「おいおまえ！」

いきなり上から目線で声を掛けられ、伊月は己を指さす。

「……僕？」

「おまえ、ユエの、さんなんだな？」

伊月はふんすと胸を反らした子の顔をまじまじと見つめた。威嚇しているつもりなのだろうが、頭の上に犬っぽい折れ耳を戴きどこか品よくふんすふんすと勢い込む十歳くらいの男の子は、伊月から見れば可愛いだけだ。

「ええと、ごめんね。どこかで会ったこと、あったかな？」

「ない、が。おなじこうしゃくけにつらなるものとして、ものもうす。はじをしれ！」

伊月は思わず頬を綻ばせた。偉そうな物言いも、高い声も、舌足らずな喋り方も微笑ましいばかりだ。

「えっと、どうしてかな……？」

「そうもおおきくなってからここにきたということは、おまえ、どこぞのまほうつかいに、じょりょくをもとめたのであろう。おまえのようなやからがおるせいで、まほうつかいが、ひんかくをうたがわれるのだ！」

びし！と伊月を指さした男の子の指を、傍に座っていた男の子が掴む。

「紺青《ガンチン》さま、おやめください。月氏が魔物をまびいてくれるから、われらは王都で平穏に暮らすことができているのです。月氏の方にはそうおうのけいいを払わなければ」

こちらも綺麗な顔をしており、黒に染め抜かれた上等な服を当たり前のように着こなしていた。小さいのに小難しい言い回しをするのがこれまた愛らしい。

横やりを入れられた紺青はますます熱くなる。

「まものくらい、オレだってすぐたおせるようになる！　ヘイグゥイ《黒鬼》はオレよりも、こいつのみかたをするのか！」

伊月は頭巾の下でふるんと耳を揺らした。

「あの、魔物って何かな？　そんなものが本当にいるの……？」

二人が信じられないものを見るような目を伊月に向ける。

「にしのちすじのくせに、まもののもしらんのか⁉」

「おい、冗談だろう？」

伊月は更に質問しようとしたが、試験官らしい魔法使いが入ってきてしまった。

「何を騒いでいるんですか。入学試験を始めますよ」

子供たちは慌てて神妙に畏《かしこ》まる。伊月も背筋を伸ばして頭巾を後ろに撥ね除けたところで、隣に座っていた二十歳くらいに見える受験生が囁き掛けてきた。

「大丈夫？　十歳で入学できないとどうしても色々言われちゃうけど、気にしない方がいいよ。魔法使いになれるって素晴らしいことなんだから」

あんな小さい子に何を言われたところで傷ついたりはしないけれど、元気づけてくれようとする気持ちが嬉しくて、伊月はにっこり微笑《ほほえ》む。

「ありがとうございます。大丈夫です。一緒に頑張りましょう」

受験生が座る丸椅子の前には小卓が、その向こう側には背もたれの高い立派な椅子がこちら向きに据えられていた。

ぞろぞろとやってきた試験管たちがその立派な椅子に座り始める。皆、杖を持ち黒衣《ローブ》を纏っていた。全員魔法使いなのだ。

目の前に座った初老の魔法使いの顔を見た伊月は目を見開いた。

「先生……？」

「ん？　おう、そうだ。俺は金剛《ジンガン》。今日は試験官だが、今年は教師も兼ねている。ぼーずが晴れて魔法学科の学生になった暁にはビシバシ鍛えてやるから期待していろよ。さて、入試試験を始めるぞ。ぼーず、左手を出せ。俺が送り込む魔力が感じ取れたなら、右手を出して今度は俺の方へと魔力を流し込め。それができれば合格だ」

かなり白くなった髪を綺麗に後ろに撫でつけ後ろで一つにくくった試験官は伊月のことなど知らないようだ。

「失礼します」

かすかな失望を覚えつつも伊月は指示された通り掌を上にして左手を卓上に乗せる。金剛がその上に右手の掌を合わせると何かを感じ取ろうとするかのように目を閉じた。

すぐさま右手が持ち上げられ、卓上に無造作に置かれていた金剛のもう一方の掌に重ねられる。

金剛が頷いた。

「いいぞ、合格だ」

金剛が合図をすると、ここへ案内してくれた少年が近づいてくる。

「こちらへ」

「あの、ありがとうございました」

伊月は立ち上がると、金剛に向かって小さく頭を下げた。飄々《ひょうひょう》とした雰囲気の試験官がぞんざいに手を振り返す。

「おう、頑張れよ」

試験会場を出ると、石垣に沿って馬車が整然と並んでいるのが見えた。

「これから寮の部屋にご案内します。三日後の入学式までに支度を整えてください。食堂はもう使用できます。入学式以後は学生は外出禁止、従者は王都へ行く荷馬車を利用することができますが、一日一便三名のみしか利用できませんので大抵争奪戦になります。前庭の解放は入学式の日までですので、それまでに乗ってきた馬車や馬は実家に返すなり王都に預けるなりしてください」

「は、はい……」

入学試験でどんなことが試されるのかは広く知られており、受験生は事前に準備してきているからまず落ちることはない。それなりに裕福な家の子、特に遠方からくる子は入試の段階で入寮の準備を整え馬車に積んできている。馬車が用意できない子は大きな荷を背負ってくるらしい。

座って待っていた賢木が馬車の御者台から降りてきたので、二人掛かりで旅行鞄を持ち、寮へと運ぶ。途中で狼狽えた様子で何か話し合っている一団と行き合った。伊月たちの案内役がすれ違いざま彼らに話し掛ける。

「どうしたんですか？」

「結界に揺らぎが生じた。新入生の案内が終わったら点呼をするので講堂に集まりなさい。念のため異常がないか見回り結界を張り直すので、石垣には近づかないように」

角を曲がると賢木が声を潜め、問いただす。

「どういうことだ？　ここは安全だと聞いていたが、結界に問題があるのか？」

「大丈夫です、心配はいりません。誰かが魔法学舘から抜け出そうとして何か魔法を試したんでしょう。すぐそこに王都があるのに、僕たちは外出禁止で息抜きもできないから。まあ、いまだかつて結界を抜けられたためしがないんですけどね」

瓦屋根に白い壁の寮が見えてくる。凝った意匠の黒い格子窓が綺麗だ。

「門限や食事時間については各部屋に掲示してありますからそれを見てください。入学式までは自前の馬車で出掛ける分には自由です。馬車のない子たちにも特別に定期便が用意されています」

部屋は階段を上って二階だった。庶民だったら上級生と相部屋を振り分けられるが、伊月は貴族だ。身の回りの世話をする者が必要だろうという配慮から、二人部屋を従者と二人で使うことになる。つまり二年もの間、賢木と暮らさねばならないのだ！

部屋の壁も白かった。衣装箪笥《クローゼット》や寝台、机に床板も黒い木で組まれているのでちょっと寒々しい感じはするけれど、清潔だし綺麗だ。

賢木は旅行鞄の中身を衣装箪笥の中に収めると公に到着を報告し足りないものを買い足すため王都へと出掛けていった。月氏は王都にも屋敷を構えていて、そこに標候直通の通信設備があるらしい。

一人になると伊月はもう利用できるという食堂に向かい、大きな肉の塊をもらった。

肉は燻製《くんせい》にされていた。端を少しだけ切り取って食べてみたが、干し肉のように硬くないし、香りがいい。

しっぽをご機嫌に振りつつ寮の裏手に回った伊月は、燻製肉を持参した皿に載せ、目につかない茂みへと押し込む。

+　+　+

入学式の朝、伊月が顔を洗って戻ると、卓上に布や様々な小瓶が並べられていた。

「賢木《シエンムー》、これは？」

「今日だけは大事な日ですので、仕度を手伝います」

肩を摑まれ卓の前に座らされる。練り香のようなものを手首の内側に塗られ、伊月は鼻に皺を寄せた。

「うっ、においきつすぎ！」

「すぐ落ち着いてちょうどいい具合に膚から香るようになります。さ、あまり時間がありません。さっさと済ませますよ」

麝香《じやこう》のような甘く蠱惑的《こわくてき》な香りが伊月を包む。前髪が留められ額まで露出させられた伊月は化粧品のようなものの蓋を開けた賢木に蒼褪めた。

「僕は女の子じゃないんだけど……」

「入学式には新入生とその父兄の他、主立った魔法使いたちも列席します。二年後には彼らの誰かに師事することになるのです。ただでさえ伊月さまは薹《とう》が立っ……失礼、無駄に歳をとってしまっていらっしゃるのですから、今のうちに磨き立てて点数を稼いでおかねば」

伊月はこれから二年間学館で勉強するが、それで魔法使いになれるわけではない。魔法学館が紹介してくれる魔法使いに師事して鍛錬を重ね一人前と認められてようやく独り立ちできる。

「貴族の子はあらかじめ話を通しておいた魔法使いに形だけ師事して、金貨で資格を得るんじゃないの……?」

「西を預かる月氏の子に、そんな手抜きが許されるわけがないでしょう」

「大事なのはこれからの成績であって、格好じゃないと思うんだけど」

「何を言っているのですか。昔ならともかく、今は見た目も大事なんです。制服などなければもっと色々できたのに。さ、口を閉じて上を向いてください」

制服が支給されなければ、どれだけ飾りたてられることになったのだろう。ぞっとしながら言われたとおり顔を仰向けた伊月の唇に紅のようなものが塗られる。

「うえっ」

「できあがりです。黒衣を着て。顔には触らないように」

賢木がようやく部屋を出ていき、伊月は鏡を覗き込んだ。随分と色々なものを塗りたくられたような気がしたがそんな痕跡はない。いつもより多少膚や髪がツヤツヤしているように見えるだけだ。唇もほんのり自然に色づいているだけ。それだけなのにいつもより若々しく綺麗に見える己に、伊月は慄《おのの》く。

賢木ってもしかして物凄く才能あるのでは…?

魔法学舘の制服は黒い立ち襟《スタンドカラー》と袖口、花釦《はなボタン》がついた白地のシャツにやはり黒いズボン——十代前半の子は膝丈、それ以上の面々には長ズボン——だ。その上から魔法使いの証しである頭巾《フード》つきの黒衣を羽織ったところで時間になったので、寮を出て講堂へ向かう。前の方に並ぶのが新入生の席だ。その後ろに在校生の椅子が並び、その更に背後に結構な数の父兄席が続く。魔法学舘に入学できること自体大変な名誉とされている上に学内に入れる機会など滅多にないため、皆、一族郎党引き連れてくるのだ。伊月の家族は来ていないが、賢木がどこかに座っているはずだ。

　壁際には学舘の教師と来賓が並んでいる。来賓のほとんどは新入生を弟子に取る予定のある魔法使いだった。内包する魔力のせいか、圧が凄い。獣耳がついている者は少数派だったけれど一人だけ、頭が丸ごと狼な魔法使いがいた。学舘に来るまでに立ち寄った街々で色んな亜人を見たけれど、あんな人は見たことがない。ついまじまじと見てしまう。

　退屈な式典が終わり講堂を出ると、庭に軽食の用意がされていた。出てきた新入生に先に外へ出て待っていた家族が駆け寄り、揉《も》みくちゃにしている。教師に挨拶している父兄もいれば、高名らしい魔法使いに群がっている学生もいる。

　式典の間は脱いでいた頭巾をかぶりつつ、伊月はさてどうしようかと辺りを見回した。すると、長い杖《つえ》を手に黒衣を纏った男が近づいてきた。

　三十歳くらいの魔法使いだ。甘いマスクに癖の強い髪を後ろに撫でつけたさまはなかなか決まっている。にこっと笑いかけられた伊月は思わずにっこりと微笑み返した。

「やあ。伊月《イーユエ》くんだね？」

「え？　あ、はい。……あの、お会いしたこと、ありましたっけ……？」

　伊月が不安そうな顔をすると、男はそっと鹿耳に触れてきた。

「いいや。だが、月氏には縁があってね。俺は雲海《ユンハイ》。君のことをよろしくと言われている。あまり魔力が強くないんだって？　困ったらいつでも俺を頼るといい」

「？　ありがとうございます」

魔力が増える特訓でもしてくれるのだろうかと思いつつ、伊月はさりげなく男の手から耳を引き抜いた。

「――うーん、しかし困ったな。まさか、伊月くんがこんなに可愛い子だとは。正直、よろしくと言われた時は厄介なお荷物を押しつけられた気分だったんだが、君ならば大歓迎だ。君、俺の弟子にならないか？」

肩に腕を回され、伊月は不快に思う。どうしてこの人はこんなに馴れ馴れしいんだろう。

「弟子ですか？　それって二年後の話ですよね？」

「そうだが、可愛い子は争奪戦になるからね。他の子たちはいつか育つとはいえ、幼すぎて弟子に選ぶにはちょっと……」

「雲海、何をしている！」

叱りつけるような声にぎくりとして辺りを見回すと、三日前に伊月の試験官を務めてくれた魔法使いが大股に近づいてこようとしていた。雲海が見るからに及び腰になる。

「金剛《ジンガン》先生。あー、新しい後輩に挨拶をちょっと。別にかまわないでしょう？」

「おまえ、その子まで毒牙にかける気か？」

「人聞きが悪いなあ。人助けですよ。いいじゃありませんか。無理強いなんかしませんって。大体この歳で学舘に来たということは、この子はもう楽しむことを知って――」

「黙れ。おいぼーず、こんな男につきあう必要はないぞ。誰か身内の者が来てるんだろ。もう行け」

「ええと、その、ありがとうございます……？」

いいのかなと思いつつ伊月は小さく頭を下げてその場を離れた。賢木を探そうと思ったのだが、次々に声を掛けてくる魔法使いのせいで前進するのも難しい。

「待って。君、名前は？」

「新入生？　何歳？　ちょっと話をしないかい？」

「おお、あなたは嫖候の御子息であろう？　我はとても魔力が多いのだ。もし在学中に困ったことがあれば、いつでも――」

すっかり辟易《へきえき》した伊月は、賢木を探すのをやめて懇親会会場のようになってしまった庭から逃げ出した。寮に戻ろうと思い、建物に入る。通り抜けられるかと思いきや、どこまでも続くしんと静まりかえった廊下のどこにも望む方角に抜ける扉はなかった。

少し先に左右の白壁の左側が切れて陽が射し込んでいるところがあったので、あそこまで行って扉が見えなければ一度引き返そうと決める。

近づくにつれ、なくなった壁の向こうに緑が茂っているのが見えてきた。期待が高まったものの、目標の場所まで行った伊月は嘆息する。緑は外ではなく四方を廊下で囲まれた中庭に繁茂していたのだ。

踵《きびす》を返そうとしたところでまた声を掛けられる。

「こんにちは」

少し警戒しつつ辺りを見回した伊月は目を見開いた。

「……こんにちは」

中庭にとんでもない麗人がいた。

亜人だ。長い耳は半ばで折れ、てれんと垂れ下がっている。すとんと背を流れ落ちる髪の色は白花色《しろばないろ》。瞳の色は薄桃色だ。

二十歳を少し過ぎたくらいに見えるその人は幼な子を腕に抱いていた。

＋　＋　＋

何だ、あれは……！

ぴったり身を伏せ、屋根の上から伊月の気配を追っていた阿波谷は全身の毛を逆立てた。

小さな中庭で伊月が白花色の麗人となごやかに言葉を交わしている。麗人の軀にぐりぐり後頭部を擦りつけ注意を引こうとしている幼な子は幼いながらも親そっくりの愛らしい顔立ちで、紅玉のような瞳が印象的だ。ほわほわと微笑む二人とも無害そのものにしか見えないが、阿波谷には彼ら、特に薄桃色の瞳の麗人が、森で出会った怪物以上に恐ろしく感じられた。

魔法使いにはこんな者もいるのか。

阿波谷が何かあればすぐさま駆けつけられるよう全身の神経を張りつめ待機しているというのに、伊月はのんきにしゃがみ込むと幼な子と視線を合わせた。

「可愛い。アルビノなのかな。瞳が赤いんですね」

「あるびの……？　この瞳は僕たちの血筋特有のものなんです。僕だけが例外」

「そうなんですか？　薄桃色の瞳も初めて見ましたけど、とっても綺麗だと思います」

「ふふ、ありがとう」

くりくりとした目を瞠《みは》り、じいっと伊月を見つめ返していた幼な子が両手を伸ばし、ぺたりと伊月の頰に触れた。生真面目な表情を浮かべた顔を小さく傾げ、次は鹿耳に触れようとする。伊月がわざわざ頭を下げてやると、鹿耳がむんずと摑まれた。

「あいたっ」

「あ、こら。孫がごめんなさい。――耳には優しく触らなきゃ駄目だって、昨日もじいじに叱られたばかりでしょう？」

「孫⁉」

伊月と一緒に阿波谷も驚愕した。

「息子さんじゃなくて、お孫さんなんですか？　そんなにお若いのに⁉」

麗人はせいぜい二十歳過ぎくらいにしか見えない。鹿耳から孫の手を引き剝がしながら麗人は少し恥ずかしそうに微笑む。

「これも血筋の力なんだと思います。父さまも兄さまも全然年齢相応に見えないから」

あまり根ほり葉ほり聞いては失礼だろうと遠慮していた伊月も好奇心を抑えきれなくなったようだ。

「あの、失礼ですが、入学生の父兄の方ですか？　それとも魔法学舘の職員の方……？」

「ほう。淡雪《ダンシュエ》のことを知らない奴がいるとはな」

屋根の上で阿波谷は凍りついた。

中庭へ更に恐ろしい気配が近づきつつあることに気がついたのだ。

「あなたは……」

昼近い明るい陽射しの下に現れた狼頭を持つ異形を目にした伊月も目を見開く。

異形は肩から下は人間と同じ形をしているようで、黒衣を纏っていた。この狼頭も魔法使いなのだ。

逃げろ、と阿波谷は思った。自分の力ではこの狼頭から伊月を守ることはできない。

だが、伊月はあくまでのんきだった。

「確か、魔法学舘の顧問の方、ですよね？　凄い魔法使いなんですよね？　皆が式の後、一言でもいいお言葉を賜《たまわ》りたいと目を輝かせていましたし」

「……それだけか？」

狼頭が麗人――淡雪の横、伊月の前で立ち止まる。

「それだけ？　ええと、素敵な毛並みですね……？」

ふふっと淡雪が吹き出し、狼頭が頭を仰け反らせた。

「この狼頭を見た感想がそれか！　俺のことは王国中に知れ渡っていると思っていたんだが」

伊月はきょとんとしている。

「すみません。あの、僕、四ヶ月前に、記憶喪失になってしまって、それ以前のことは全部忘れてしまって」

「記憶喪失だと？」

阿波谷も仰天した。四ヶ月以前のことを何も覚えていない？　だから伊月は過去について――元の世界について、語らなかったのだろうか。

「それじゃ知らなくて当たり前だね。ごめんね、無理を言って。この人はね、僕の旦那さま。王国唯一の賢者で、翠候《ツエイこう》でもあるんだ」

「夜浪炎《イエランイエン》だ」

狼頭が足に抱きついてきた孫の頭を一撫でした。

伊月の表情が初めて動く。

「伊月《イーユエ》です。あの、待ってください、旦那さま？　お二人は夫婦なんですか？」

「ええ」

炎《イエン》が肩車してやると、幼な子はきゃーと歓声を上げ、目の前にある狼耳にあぐ、と噛みついた。

「痛っ」

「失礼ですが男同士ですよね？」

「こら、もうすこし優しくし、いたっ」

炎に注意されても幼な子は狼耳を離そうとしない。ご機嫌であぐあぐと甘噛みする。

「最近はそこまで珍しくないでしょう？　僕たちの時は王の認可までいただいて、ちょっとした騒ぎになりましたけど」

「おうさまのにんか……あ、でも、お孫さんがいらっしゃるってことは……」

男同士では子はできない。実子でないかよそで作ったのだろうと阿波谷も思ったのだが、炎の返答は想像を超えていた。

「この子は正真正銘、俺と淡雪の孫だぞ。淡雪は霊獣だからな。男であろうが子を作れるんだ」

「男でも子を作れるんですか……？　凄い……！」

興奮する伊月に、淡雪が爆弾を投げつけた。

「同性に好きな方がいらっしゃるんですか？」

「え？　あの、好きっていうか」

照れているのだろうか。やわらかな気分になったものの、阿波谷は思い出す。伊月は記憶喪失だということを。

いつ兄は誰のことを思い出してはにかんだんだ？

急に胃が石のように収縮する。阿波谷がこれまでに伊月と接点を持った全員の顔を思い浮かべ始めたところで、炎が思い出したように言った。

「待て、伊月と言ったな？　標領の月の子か？」

伊月は怯《ひる》む。

「はい。あの、父をご存知なんですか？」

「ああ。あの四角四面な男にこんなやわらかな面立ちの息子がいるとは驚いたな。やはり得手は火魔法か？」

伊月は目を伏せた。

「わかりません。魔法はこれから勉強するので」

「そうなのか？　すまん、兄の方は魔法学舘に来る前に随分と熛候によって仕込まれていたようだったから、てっきり」

「僕は最近まで魔力がないと思われていたから、魔法には触れたこともないんです」

「魔力なしだと？」

中庭に据えられた大きな石に腰掛けた淡雪が掌を上に向け差し出す。

「手をこちらに」

伊月は躊躇いつつも、白い掌に己の手を重ねた。ようやく幼な子を肩の上から片腕へ移動させ耳を取り戻すことに成功した炎が、ハンカチでべたべたになった毛並みを拭く。

「俺はさっぱりだが、淡雪は魔力の流れを読める。どうやら最初から魔力を多く持っている者は繊細さに欠けるというか、そういうところが大雑把になってしまうものらしい。月氏の者たちもそういうところがあるな」

淡雪が長い睫毛《まつげ》を伏せると、何かがゆっくりと動きだす。本来は目に見えないもののようだが阿波谷には見えた。身の裡に収まらず溢れた光の粒子がきらめくのが。

悪戯《いたずら》しないよう小脇に抱えられた幼な子にも見えるのだろう。両手を伸ばして捕まえようとし始める。

「小さな頃からよく熱を出したりしませんでしたか？」

集中しているのだろう。淡雪が静かに問う。

「あ、はい。僕は病弱でよく寝込んでいたみたい」

伊月の返事は、他人事のようだった。

「あちこちで魔力の流れが滞ってます。澱《よど》んで溢れ出した魔力が不調となって顕《あらわ》れたのでしょう。でも、これは魔力の扱いに慣れてくれれば改善されるはず。魔力量は確かにお父上や兄上方に比べれば少なめですが——お好きな方は、魔法使いですか？」

唐突な質問に、伊月は睫毛を震わせる。

「え？　違うと思いますけど……」

なるほど、伊月の好きな相手は魔法使いではないのか。

ふむふむと心の中にメモするものの、伊月と関わりがあった者の中に魔法使いなどほとんどいない。全然対象が絞り込めない。

淡雪が伊月のもう一方の手も取る。

「では、入試の時にしたようにこうやって魔力操作の訓練を毎日するといいでしょう。そうすれば制御不能だった魔力が少しずつ己のものとなるはず。相手はお友達でもいいですし、教師に頼んでも応じてくれるはずです」

きらきらの発生が止まる。じたばたしていた幼な子も暴れるのをやめた。光の粒子がゆっくりと散ってゆく。

「ありがとうございます。僕、魔力に乏《とぼ》しいって言われてたから、魔法実習についてゆくのは半ば諦めていたんです。その代わりに魔法学に力を入れればいいかなって。……夢占いとか」

恥ずかしそうに希望を語る伊月を、夫婦は微笑ましげに眺める。

「ほう。夢占いに着目するとは珍しいな」

「面白い分野ですよね。夢は異界の扉とも言われます。名前こそ夢占いのままですが、最近では夢渡り――つまり異界渡りが研究のメインになっているそうですし」

「本当ですか⁉」

喜色の滲んだ声に阿波谷は違和感を覚える。

異界渡り？　なぜそんなものに記憶のない伊月が興味を示す？

「ええ。魔法学舘には夢占いの権威がいますから、研究室を訪ねてみるといいんじゃないでしょうか。あ、でも、今は不在かもしれませんね――」

幼な子が狼頭の胸元に顔を擦りつける。どうやら眠くなってきてしまったらしい。ようやく引き上げてくれるかとほっとしたところで、炎が阿波谷の方を見上げた。

「ところでそこの。いつまで隠れている気だ。用があるなら出てきたらどうだ？」

ぞっとした、なんてものじゃない。

自分に言っているのだと理解した瞬間、狼は身を翻しその場から逃げ出した。

阿波谷は狼、学校なんかにいてはいけない危険な獣だ。賢木や驟雨からは逃れられたが、これほどまで強大な力を持つ魔法使いと相対して生き残れる自信などない。

――だが、話し掛けてきたということは、あの異形は気配に気がついただけで狼の姿は見ていないのかも……？

一縷の望みに縋り阿波谷は走る。追ってくる気配はない。

＋　＋　＋

入学式の翌日、早速授業が始まった。街では人目があったので屋根の上にいるしかなかったが、魔法学舘にはおよそ二クラス分の学生と教師しかいない。

興味津々の阿波谷は屋根から飛び降りると、後ろ肢で立ち窓の中を覗き込む。教壇には金剛《ジンガン》がいた。あまり大きくない教卓の両端を掴むように手を突き、行儀よく席に着いた学生たちを見渡している。

「よし、始めるぞ。俺が今年の担当の金剛だ。魔法使いの卵たちよ、まずは入学おめでとう」

少し嗄《しゃが》れた、だが力のある声が教室の隅々まで届く。

「見ての通り、国中から集めても一つの教室に収まってしまうほど魔力を持っている者は少ない。しかし、この国は一人でも多くの魔法使いを必要としている。なぜだかわかるか？　——紺青《ガンチン》」

名簿も見ず、金剛は公爵家の嫡子を名指しした。

「せんそうのためであろう」

折れ耳をぴくりと揺らし、紺青が答える。本人は威厳を出したいのかもしれないが、十歳の子供がもったいぶった言い方をしても可愛いだけだ。

「それもある。他には？　黒鬼《ヘイグウィ》？」

「まものがいるからだ」

紺青の取り巻きの一人として送り込まれてきたらしい黒鬼は、教師の質問に答える時もクールだ。

「そうだ。戦争の勝敗は優秀な魔法使いをどれだけ確保できたかで決まるようになった。魔物も、魔法使いの力がなければ倒せねえ。倒せたとしても多くの犠牲が出る。だから王は魔物が多く出る地に魔物を狩るのがうまい奴を封じる。恐ろしく強い魔物が頻々と現れる北の地を守るのは霊獣で魔力が強い雪氏《シユエ》。西は月氏だ」

伊月の血筋だ。阿波谷は伸び上がり耳をそばだてた。

「親が魔力持ちなら子も魔力持ちであることが多いが、月氏の血筋は何代にもわたって驚異的な強さを保ち、荒れ地に湧く魔物を撃退し続けている。俺たちは彼らが払ってくれている犠牲を忘れず、感謝しなければならねえ。彼らが倒れたら俺たちの誰かが後を引き継ぐ羽目になるんだからな」

伊月のいわゆる父親や兄たちは、魔力を持たない三男坊を冷遇していた。酷い連中だと思っていたが、担わされている役目の重さに少し印象が変わる。

地位の高さに胡坐を掻いているだけの馬鹿貴族ではなかったのか。

「他の領地はよく領主が変わってる。東の先代は翠領を与えられた先々代と違って魔法の才に恵まれなかったものの多くの魔法使いを雇い入れることによって対処してきたが、魔物の襲撃を受け死亡、現在この魔法学舘の顧問も務めている賢者、炎《イエン》が翠候を引き継いだ」

あの恐ろしい狼頭か。

阿波谷はぶるっと身震いした。あの男ならどんな強い敵でもたやすく倒せそうだった。――阿波谷が苦闘した怪物でも。

阿波谷が森で殺したあの怪物。もしかしたらあれが魔物だったのかもしれない。

「魔物は恐ろしいが、その強靱《きょうじん》な皮や牙は富を生む。魔法使いにとって魔物との戦いは宿命だ。王も国土と民を守るためにおまえたちに金を注ぎ込んでいる。貴族だろうが研究職につこうが逃げるのは許されん。いつか戦いに駆り出される日のことを念頭に置き、鍛錬に打ち込め。でないと死ぬことになるぞ」

学生たちがざわつく。だが、阿波谷が見たところ、既に覚悟のできている者もいるようだった。そういった学生は動揺の欠片もなく、静謐《せいひつ》な眼差しを金剛に向けている。

「あのう」

まだあどけない少年がおずおずと手を挙げた。

「何だ」

「れいじゅうって、何ですか？　あじんのいっしゅじゃ、ないんですか？」

んー、と金剛は頬に落ちる灰色の髪を掻き上げた。

「霊獣というのは俺たち人間や亜人より高位の生き物だ。聖なる泉や霊峰など、清浄な地を満たす霊気が長い時間をかけて凝って生まれた。見た目こそ俺たちと変わりないが彼らの根本は霊魂、肉体は仮初《かりそ》めの器《うつわ》で例外なく強大な魔力を持つ。魔力持ち以上に稀少《きしょう》な存在で、俺は雪氏の連中しか見たことがない」

伊月が手を挙げた。

「あの、霊獣なら男でも子を作れるって聞きました。どうしてそんなことが可能なんですか？　そもそも今のお話だと、自然発生する存在で、親から生まれるものではないようですけど」

「その通りだ。霊獣は普通は単体の存在だ。ただ、雪氏だけは違ってな。いつの頃からか己の膨大な霊力を練って卵を作り始めた、と聞いている。本当は伴侶など必要ないんだが、淡雪さまは卵を産む際、炎の魔力も練り込んだらしい。竜をもたやすく屠《ほふ》ってのける三人のお子の二人は雪氏特有の垂れ耳、一人は狼耳だ」

また別の子が手を挙げ、質問をする。阿波谷にとっては知らないことばかりで何もかもが面白い。あっという間に時間が過ぎ金剛が授業の終わりを告げると、阿波谷はほうと溜息をついた。

これからも可能な限り聴講しよう。

それにしても十歳ほどの子供たちが最後まで授業に集中していたのには驚いた。小さな子のほとんどは貴族の子息らしいから事前に厳しく躾《しつけ》られてきているのだろう。むしろ年長の学生の方が途中から落ち着かない様子を見せていた。

この後は昼食の時間だ。皆、ぺこぺこになった腹を早く満たそうと、ぞろぞろと教室を出ていく。伊月も立ち上がったが、何かを探すように教室内を見回すと、まだ残っていた学生の一人に近づいていった。

「あの、入学試験の時はありがとう」

二十歳ぐらいの青年が顔を上げる。身長こそ高いものの、胡桃色の瞳が何とも内気そうだ。伊月もやわらかな雰囲気を纏っているが、この青年もまた無害な小動物めいている。

「ぼくは別に、何も。それよりお互いに受かってよかったよね」

「これからよろしく。僕は伊月《イーユエ》」

「知ってる。ぼくは赤華《チーファー》」

「あの、よかったら一緒に食事しない？　実はお願いしたいことがあって。もちろん、気が進まなかったら断ってくれていいんだけど」

立ち上がった青年が椅子に引っかかった黒衣の裾をそっと引っ張る。

「お願い？」

「入試の時にやった、手を繋いでする魔力操作。魔力を高めるために、あれを一緒にしてくれる人を探してるんだ」

伊月は昨日淡雪がくれたアドバイスを早速実行する気らしい。

「ああ……いいよ」

赤華はふわっと微笑むと、あっさり引き受けた。

「本当⁉　ありがとう！　本当は毎日したいけど、時間がある時だけでいいから」

「外には出られないんだ。時間がない時なんかないいんじゃない？」

二人は連れだって出口へと歩き始める。既に教室は空になっていた。

伊月が他の男といるところなど見るのも厭なはずだったのに、なぜか赤華という男には警戒する気が起きない。阿波谷は壁に掛けていた前肢を下ろす。

水でも飲みに行こうかと踵を返したら、建物の角を曲がってきたらしい少年二人が目を丸くして阿波谷を見ていた。

まずい。

くるりと背を向け走りだした阿波谷の背後で、声変わり前の子供の甲高い悲鳴が上がる。

＋　＋　＋

「なあ、きいたか？　やじゅうがりょうのそばでもくげきされたらしい」

「どこから入ってきたんだろうな。がっかんにはけっかいが張られているのに」

「あの子も見たらしーよ！　くわしい話、聞きにいってみる？」

炎に見つかって気をつけようと思った矢先に子供たちに見つかってしまい、自信を失った阿波谷は、大きく張り出した大木の枝に寝そべって、魔法演練場を見下ろしていた。

魔法の実習用に作られたこの空間は高い崖に面している。面していない場所も高く堅牢な壁で囲まれており、魔法を外に漏らさない。中を覗き見るのも一苦労だが、崖上に生える大木から張り出した枝の上は別だ。

空は抜けるような青に覆われているし気候も穏やかで、絶好の昼寝日和だった。さっさと課題をクリアした学生たちも眠そうな顔で木陰に座り込んでいる――伊月以外は。

学館から借りた杖を手に、伊月は先刻から何度も繰り返し呪文を唱えている。呪文を唱えるたびに足元から魔法陣のような光が浮かび上がるが、求める効果――光の玉を打ち上げる――は得られない。魔力をうまく注げていないのだ。魔法の発動に成功していないのが伊月だけとなった現在、教師はもはやマンツーマン状態で指導している。

待つのに飽きた紺青《ガンチン》が杖を持ち上げた。ぶつぶつと呪文を唱え、光の玉を放つ。

頭上ではなく、伊月たちのいる方向へと。

「わっ」

「こら！　紺青」

光の玉が掠《かす》めていったのに驚いた壮年の教師と伊月が声を上げる。紺青は悪びれる様子もない。

「すまぬ、てがすべった。しかしせんせい、わすれておるようだが、がくせいはイーユェだけではないぞ。ひとりもおちこぼれをだすまいとするどりょくはりっぱであるが、みなのじかんをろうひさせるのは、いかがなものかとおもう」

紺青は随分と甘やかされて育ったらしい。プライドが高く我《わ》が儘《まま》で、物怖《ものお》じしない。領地を統治する父親の姿を見て育ったからか、ちょっと舌足らずなところはあるものの口が達者で変なカリスマ性もあり、早くも取り巻きを引き連れている。

「どーかんでーす」

「まりょくの足りない奴にいくらしどーしたってじかんのむだですよ、せんせー」

徒党を組んで全てを思うがままにしようとする彼らに、教師たちは早くも手を焼き始めていた。

「君たちは……」

説教を始めようとする教師を、伊月が遮る。

「あの、先生。彼の言うことはもっともだと思います。僕にかまわず授業を進めてください。放課後の自習で追いつきますから」

「しかし、放課後ではつきっきりで見てやれん」

「危険な魔法じゃありませんし、もうちょっとで発動するような気がするんです。できたら見せに行きますから」

伊月らしいなと阿波谷は思う。伊月はどんなことでも丸く納めようとする。

結局教師は新しい魔法の解説を始め、子供たちはもう一種類新しい基本魔法を体得した。

授業が終わると伊月だけがその場に残り、自習を始める。

しばらくすると、二人の上級生が演練場に入ってきた。

二人は演練場の扉に施錠すると、伊月へと近づいてゆく。

「やあ」

声を掛けられ、伊月は魔法を編むのをやめて小さく頭を下げた。

やってきた上級生は二人とも二十代半ばに見えた。赤毛を短く刈った精悍《せいかん》な印象を与える方が、馴れ馴れしく伊月の肩に肘を乗せる。

「頑張っているじゃねえか」

伊月の学年でも昨年入学した上級生たちも十代前半の子が多い。ごく少数いる年嵩の面々は阿波谷の目にはどれもとんだ曲者《くせもの》のように見えた。性に奔放《ほんぽう》な者がやたらと多いのだ。学舘に来てからまだほんの一月《ひとつき》なのに、彼らの実に半数が教師の秘密の愛人に収まっている。そのうちの一人はほとんど相手かまわず交わっていた。固定の相手がいる者も、講師として訪れた魔法使いを誘惑したりする。学生も魔法使いも男性しかいないことを考えれば驚くべき状況だ。

「標候《ビヤオ》の三男は素養がないって聞いてたけど、こんな魔法も発動できないとはね。今のままじゃ、この先苦労することになりそうだ」

二人目の上級生は阿波谷のバイト先の先輩にそっくりだった。眼鏡を掛け、長い髪を後ろで緩く一つに結わえている。阿波谷の知っている先輩は真面目そのものだったのに、同じ顔のこの男はどうしようもなく自堕落《じだらく》だ。

伊月は彼らの悪意には気づかないふりでにっこりと追い払おうとした。

「あの、集中できないので一人にしていただけませんか。今日中に成功させたいんです」

「んだよ。邪険にすんじゃねーよ。カワイソーな後輩を手伝ってやろうと思ってきてやったんだぜ、俺たち」

赤毛が伊月の肩に乗せた腕に体重を掛ける。この男は顔立ちが整っているのに威圧的な振る舞いのせいで、同級生たちに忌避《きひ》されていた。育ちが悪いからと陰口を叩かれているが、阿波谷の目にはそれよりむしろ、何か大きなコンプレックスを抱えているせいのように見える。

「魔法の使い方の指導をしてくださるんですか？」

「してあげてもいいけれど、魔力量が今のままじゃあ根本的な解決にはならないよ。だから、ね。僕たちの魔力を分けてあげる」

眼鏡が立ち位置を変え、赤毛と挟むようにして伊月の腰を抱いた。

阿波谷は太い枝の上、静かに立ち上がる。

「あの……？」

「はは、入試の時にも思ったが、いい尻をしているなあ」

「何するんですか！」

いきなり赤毛に尻を揉まれ、伊月は二人の間から逃れようともがき始めた。

阿波谷もぐっと身を沈め、いつでも飛び降りられるよう力を溜める。

「いいじゃねえか。おまえだってその歳になって魔法を使えるようになったってことは、誰かに魔力を分けてもらったんだろう？」

「魔力を……分けてもらう？　そんなことができるんですか？」

「知らないのかい？　魔力持ちとヤれば魔力が増大するんだ。つまり僕たちとセックスすれば君の魔力は課題をこなすのに充分な量になるってわけ」

狼の口がぱかりと開いた。

何だ、それは。

伊月も知らなかったらしい。黒目がちの愛らしい目が見開かれる。

「えええええ!?」

赤毛と眼鏡が目を見合わせた。

「おいおいマジかよ」

「魔法革命以後の常識だよ？　偉大な魔法使いといわれる人たちだって魔法使い同士でヤりまくったからあれだけの魔力を得られたんだ。……って、本当に知らなかったの？」

「つかさ、俺たち魔法使いの雛《ひな》は二年後、抱かれることを前提に魔法使いに師事するんだぜ？大丈夫なのか？」

ぶわっと全身の毛が逆立つ。

「何それ」

「当然だよね。地道な鍛錬だけじゃ魔力はろくに伸びない。入学式の後の懇親会でも皆、魔力量の多い魔法使いの気を引こうと必死だったろう？　寝る相手の魔力が大きければ大きいほど、効率よく強くなれるからだよ」

腑《ふ》に落ちなかった諸々が、パズルのピースが埋まったかのように形を現してゆく。

入試の時、紺青が恥知らずと言ったのは、この男たちと同じように、伊月が誰かとセックスして魔力を得たと誤解をしていたせいに違いない。入学式の時、確かに伊月以外の子は積極的に来賓に話し掛けていた。雲海が幼すぎると他の子を評したのもセックスが前提にあったから。魔法使いたちが伊月に群がったのは、セックスの相手をさせるのにちょうどいい年代だったからだ。十歳から入試を受けられるのに歳を食ってから入学した面々はそうやって魔力を得たから性に奔放だった。

——伊月の父親や兄たちが冷たかったというのも、落ち零《こぼ》れと追い詰められてその身を誰かに辱《はずかし》めさせたのではないかと疑ったからか？

「あー、わかったぞ。こいつ、体液を調達することで魔力を得たんじゃねーか？　標候の子息だし、ヤるよりは飲む方がマシってことで」

「飲むんでも充分汚らわしいと思うけど？」

二人の会話に圧倒されつつも、伊月は薄桃色の唇を開く。

「まさか、体液をの、飲むことでも、魔力が増大する……？」

「まあ、多少はな。だが、俺たちは聖者じゃねえ。授業についていけるようになりたいならヤらせろ」

「い……い、厭、です……！」

伊月は必死に二人の手を振り解こうとしたけれど、二人掛かりでこられてはどうにもならない。逃げるどころか演習場の地面に引き倒され、押さえ込まれてしまった。

「上級生の言うことにはおとなしく従えよ」

「抵抗したって無駄だからね。ふふ、本物のお貴族さまにヤられるのではなくヤる日が来るとは……滾《たぎ》るなあ」

ローブが土で斑《まだら》に変わる。はらわたの奥底からふつふつと熱いものが込み上げてくる。

かつて恋人だった時、阿波谷は伊月を抱くのが怖くてたまらなかった。苦痛を与えたくなくて丁寧に丁寧に扱うものだから、伊月にそんなに大事にしてくれなくても大丈夫だと怒られたくらいだ。

それなのにこの男たちは蒼穹《そうきゅう》の下、固い地面の上でろくに慣らしもせず伊月を陵辱《りょうじょく》しようとしている。

許せない。

撓《たわ》む枝を蹴って跳躍する。己の肉体がたかだか十メートルくらいの高さなどものともしないことを既に阿波谷は知っていた。

最初、彼らが感じるのは風だ。阿波谷の巨軀に煽られ生じたそれまでとは違う風に違和感を覚えた次の瞬間には、獰猛な獣が地響きを立て出現する。目の前に聳え立つ阿波谷の姿を見るだけで彼らは死を予感することだろう。

手加減などしない。いつ兄を汚そうとしたことを、後悔するがいい。

どん、と着地すると同時に、阿波谷は咆哮《ほうこう》した。

伊月と揉み合っていた二人が期待通り腰を抜かす。

「な、何だ⁉ 獣？ 噂の野獣か⁉」

「まさか使い魔⁉ でも、簡単な魔法さえ発動できない落ち零れに、そんなものが従えられるわけが……っ」

眼鏡がすぐ横に転がっていた杖を引っ摑み、伊月との間に軀を捻じ込んできた阿波谷に突きつけた。小さな炸裂音と共に火の玉が生じ、阿波谷を直撃する。

さすがに一年早く入学しただけあって新入生の習っている魔法とはわけが違ったが、炎は毛先を焦《こ》がしただけだった。

――でも、もしいつ兄に当たっていたら、大怪我していた……！

かあっと軀が熱くなる。

伊月が毛を引っ張り何か言っていたが、阿波谷はかまわず二発目の火球を虫か何かであるかのように前肢で叩き落とし、深く息を吸い込んだ。

衝動のままに、怒りの籠もった咆哮を放つ。

びりびりと空気が震え、学舘を囲む山々から鳥が一斉に飛び立った。演練場を囲んでいた堅牢な壁が砕け散り、眼鏡と赤毛が驚愕する。

「――――え？」

阿波谷も驚いた。一体どうして壁が砕けたんだ？

壁で閉ざされていた視界が開けると、隣接する建物の窓に鈴なりになった人が見えた。逆に、杖を構えた上級生と、彼らを威嚇する白銀の狼、そして地面に膝を突き、狼に縋っている伊月も衆目に晒《さら》される。

伊月のローブはめくれ上がり、右半身しか覆い隠していなかった。左袖は引きちぎられ、しなやかな腕が肩まで剝き出しになっている。

野次馬たちは騒然となった。

「あっ、やじゅうだっ」

「すごーい、本当にいたんだ！」

「伊月《イーユエ》もいる。どうしたんだ、あの格好」

「こらあっ！　おまえら、何やってる！」

「やべ……っ」

慌ててその場を逃げ出そうとする赤毛と眼鏡がどこかから飛んできた魔法によってすっころばされた。

建物からわらわらと人が出てくる。阿波谷は逃げようとしたが、伊月がしっかり毛を握っていて放そうとしない。

なぜ引き留めるんだ？　いつ兄は俺が怖いんじゃなかったのか……？

そうこうしているうちに幾重にも囲まれてしまった阿波谷は神妙に畏まる。

人垣を搔き分け前に出てきた金剛《ジンガン》が溜息をついた。

「はー。おまえらは年齢的にも大人だ。自分の振る舞いに責任を持ち、節度を持って行動するなら目溢《めこぼ》しするのもやぶさかではねえ。が、下級生に無理強いしようとすんなら黙ってるわけにはいかねえなあ」

「何だよ……放校、すんのか？」

挑発的に睨み返す赤毛の額《ひたい》を金剛が弾く。

「放校されるのが怖ければこんな馬鹿をすんじゃねえよ。今回はそうだな、壊した演練場の壁を再建したら許してやる」

「はあ⁉　壁を壊したのは俺らじゃねえよ！」

「じゃあ、誰がやったってんだ」

眼鏡と赤毛が顔を見合わせた。ちらりと阿波谷の方を見るが、狼にそんなことができるはずがない。魔力の少ない伊月は論外だ。

「とにかく……俺たちじゃねえ」

「そうか。犯人が誰であろうが壁再建をてめえらの罰とする。早く直さねえと魔法の実習ができねえ。一週間以内だ。魔法を使えば簡単だろ」

「何でだよ。俺たちは関係ねーのに」

「関係なくねえだろうが」

金剛の顔から笑顔が消えた。

「それにな、わかってんのか？　このことが外に漏れたらおまえら、国に一生隷属《れいぞく》させられるぞ。

魔法は便利だが危険でもある。災厄の種になりうるおまえらを放置しておくほど今の国王は甘くねえ」

何か言おうとしたものの、赤毛と眼鏡はぐっと言葉を呑み込んだ。金剛の言葉がただの脅しではないことに気がついたのだ。

次に金剛は阿波谷たちの方へと向き直った。

「さて、大丈夫か、伊月」

「は、はい」

伊月が返事をする。

「怖かっただろう。部屋に戻って休むといい……と言いたいところだが、先に一つ聞きたい。その狼は、おまえの使い魔か？」

「えっ？」

こういう質問をするということは、使い魔か使い魔でないかは、魔法使いが見てもわからないのだ。

阿波谷は一瞬で理解した。これは、チャンスだ。

返答を躊躇っている伊月の手に、頭を擦り寄せる。

「はい!?」

びっくりして伊月が手を離すと、阿波谷はぴすぴすと鼻を鳴らしながら伏せをした。――従順な飼い犬のように。

「えええええ？　えーとあの、覚えはないですけど、僕は五ヶ月より以前の記憶がないから、もしかして……？」

おお、と見ていた者たちがどよめく。

「へー。なるほど」

「はあ⁉　んなことありえるわけねーだろ。こいつ、簡単な魔法も使えないくらい魔力量が少ないんだぜ」

茶々を入れる赤毛を金剛が窘《たしな》める。

「人を馬鹿にするようなことを言うんじゃねえよ。最初のうちは魔力があっても効率的に運用できず、魔法が発動しないってことがよくあるんだ」

金剛がしゃがみ込み、伏せたまましっぽを振っている狼の頭を撫でた。

「ふん、おとなしいな。これなら学舘内に置いても大丈夫そうだ」

赤毛が抗議する。

「ちょ、待てよ。何が大丈夫なんだよ。俺たちなんて嚙み殺されるところだったんだぜ⁉　それに、そいつ、火球を前肢で叩き落としやがった」

「はあ？　狼にそんなことができるわけないだろうが。寝ぼけたことを言ってんじゃねえ」

伊月がおずおずと手を挙げる。

「学舘内に置いてもいいっていうことは、寮の部屋で飼っても……？」

「おう。ただし他の者に迷惑を掛けたら、即追放だぞ」

阿波谷の尻で、しっぽが凄い勢いで揺れ始める。

やった。やったやったやった……！　使い魔になりすますことができただけでも幸運なのに、これからは昼も夜もいつ兄と一緒にいられるのだ……！

弾む心が抑えられず、阿波谷は伊月に飛びついた。

「わっ」

尻餅をついてしまった伊月の周りを凄い勢いでぐるぐる回る。それでも足りず伊月の前に身を投げ出して腹を晒し、また飛び起きて伊月にすりすりして。

大きく獰猛な狼が全身でご主人さま大好き！と表現するさまを、皆がぽかんと口を開けて眺めている。恥ずかしい振る舞いをしている自覚はあったが、獣は欲望に忠実でやめられない。

それに誰にどう思われようとかまわなかった。これでもういつ狩り立てられて殺されるかと心配しなくて済む。おまけにいつ兄は……阿波谷を忌避しなかった。そのことが、何より嬉しくて。

阿波谷はただただ噛み締める。再びいつ兄の傍にいられる幸福を。

+　　+　　+

部屋に戻った伊月はおとなしくついてきた狼を中に入れ扉を閉めた。寝台に腰掛けると、太腿に肘を置いて頬杖を突く。狼は命じずとも伊月の前にちょこんとお座りした。

「まずは助けてくれてありがとう。君のおかげで酷い目に遭わされずに済んだ」

礼を言うと、狼はもふもふの胸元を反らした。心なしか得意げだ。

「この学舘に来るまでもずっと護衛してくれてたって僕は思っているんだけど、合ってるかな？」

また狼が頷く。凄い。話が通じている。不思議だが、使い魔とはこういうものなのかもしれない。

「やっぱり！　それについてもありがとう。あっ、でも初めて会った時、賢木に斬られちゃってたよね？　ごめんね、大丈夫だった？」

ぴくっと狼の軀が揺れた。昂然《こうぜん》と掲げられていた頭の位置が下がり、誇らしげに立っていた耳がぺそりと倒れる。

伊月は床に膝を突いた。

「大丈夫じゃなかったんだ。ごめんね。痛かったよね？　今更だけど、手当てさせてくれる？　え、いいの？　見たところ動きに支障はないみたいだから、治ったのかな？」

そうっと触ってみると、もふっと素晴らしい感触が返ってくる。厭がるどころかぐいぐい頭を押しつけてきたので、伊月は犬にするように狼を撫で始めた。

「……気持ちいい……」

狼の毛はふわっふわのもっふもふだった。ボリュームがあって艶々で、指通りも文句なしの逸品だ。

神々しいまでに綺麗なこの獣を、自分はどうやって使い魔にしたんだろう。

「本当に君、僕の使い魔？」

問うと狼は凄い勢いで首を縦に振った。

「うわ、本当なんだ。僕、凄いな！　でも、どうやったんだろう」

なでなで、なでなで。

狼をもふる手が止まらない。

――――？

つと撫で回す手を止めると、伊月は極めて従順な狼の頬を両手で挟み込んだ。正面を向かせてじっと瞳の中を覗き込む。

「どうしてかな。君の瞳、あの人のことを思い起こさせる……」

狼の頭がこてんと横に傾けられた。

伊月はそのふかふかの首筋に顔を埋める。狼は干し草のようなにおいがした。

『あの人』のことを思いながら、伊月は再び狼をもふり始める。

「ねえ、君は知ってた？　魔法使いに抱かれると、魔力が増えるってこと。淡雪さま、だから僕の好きな人は魔法使いかって聞いたんだよね。入学式、賢木が僕を飾りたてたのも、絶対それ目当てだ。あの子以外に抱かれたくなんかないけど、このままだと絶対賢木が黙ってなさそう。あと二年で、何とかできるかなあ」

伊月に撫でられでれっと倒れていた狼の耳がぴん！と立った。綺麗な青灰色の瞳に見つめられ、伊月もじいっと見つめ返す。

もふもふ、もふもふ。

「きゅーん……？」

「あ……っ、ごめんね。しつこかったね」

考え事をしている間ももふり続けていたのに気がつき、伊月は手を引っ込めた。毛をとかしてやろうと刷子《ブラシ》を取り出したところで、賢木《シェンムー》が帰ってくる。

賢木は狼を見るなり目を吊り上げた。獣を部屋に連れ込むな獣臭いだろう捨ててこいなどと怒られ、伊月はひとまず狼を連れ部屋から逃げ出す。目指す先は風呂だ。

＋　＋　＋

「あのう、すみませーん。この子を洗いたいんですけど、洗い場に入ってもいいですかー？」

湯気の立ちこめる空間に、伊月の朗らかな声が反響する。寮の風呂は共同で、まるで銭湯のようだった。居合わせた生徒たちのほとんどは厭がるどころか、伊月の足元にお座りしてしっぽを振りまくっている狼に目を輝かせる。

「噛みついたりしない？」

湯に浸かっていた少年がわざわざ浴槽の縁までやってきて不安そうに問う。

既にもふりまくり、狼が何をしても抵抗しないと知っている伊月は自信満々に請け負った。

「大丈夫だよ。ほら」

もしゃもしゃと背中の毛を逆撫でしてみせる。それは気持ちよくないのでやめて欲しい。

「なら、いいよー」

「あっちのすみでなら、ゆるしてやらんでもない」

「ありがとう」

許しを得ると、伊月は一旦脱衣所に戻って阿波谷を洗うため服を脱ぎ始めた。ローブの下から現れた伊月の尻では短い毛が密集した短いしっぽがぷりぷり揺れている。

阿波谷のしっぽも高速で揺れ始める。おかげで背後の床がぴかぴかだ。

腰に布を巻いた伊月が狼を手招きする。

「さ、お風呂入るよー。おいで」

風呂…………！

獣としてこの世界で目覚めてから苦節二ヶ月。一度として入れなかった極楽が目の前にあった。

湯船に入れてもらえなくてもとりあえずはいい。

伊月が湯船から汲《く》んだ湯を頭から掛けてくれただけで阿波谷は溶ける。

「うっわ、ちぢんだー」

「別の生き物みたい」

毛が濡れると狼の体積は半減した。浴槽の縁に鈴なりになって見物していた少年たちが口々に囃《はや》し立てる中、伊月が石鹼《せっけん》を泡立て始める。

「はい、こっちに来てーじっとしていてー。ぶるぶるっとするのも禁止だよー」

伊月に言われるまま寝そべったり肢を持ち上げたりすると、全身をあわあわにされた。

きっ、気持ちいい、けど……待って、そこはダメ……うっ、ダメだって言ってるのに、あ……！　そんなところまで……！

気持ちよかったけれど、恥ずかしいやら嬉しいやらで出る頃にはぐったりだ。

大事なものを失ってしまったような気分で部屋に戻ると、賢木《シエンムー》にまた文句を言われた。

「っ、だから部屋に連れてくるなと言ったでしょう！」

「丸洗いしたから綺麗だし、獣臭もなくなったから問題ない」

実際、洗ってもらったおかげでサッパリした阿波谷はこころなしかいいにおいまでしたし、ただでさえ綺麗だった毛並みはもふ度が向上している。

「大体、この狭い部屋の一体どこに寝かせる気ですか！」

そうくるか。

阿波谷は勢いをつけて伊月のベッドに飛び乗った。長々と軀を伸ばすと横向きになり、来いよ……！　とばかりに片方の前肢を上げる。渾身のスパダリポーズに伊月が吹き出した。

「とりあえず、今日は一緒に寝てみるよ」

「ベッドを汚されても私は知りませんからね」

ベッドに上がってきた伊月が阿波谷の腕枕で横になる。必然的に近くなった距離で見つめ合うと、伊月の瞳が揺れた。

「…………」

僅かに開いた唇にどきりとする。でも、もちろん伊月が阿波谷にキスしようとするわけがない。

ふっと微笑んだ伊月にぽんぽんと前肢を叩かれた。

「はい、すぐ痺れちゃうに決まってるんだからこの手は引っ込めて。あっちを向いて。はい、ごろーん」

既視感にぶわっとしっぽが膨らむ。よく同じようなやりとりを伊月とした。今のはそのことを踏まえた発言だろうか。違うんだろうか。

言う通りに壁の方を向くと、伊月が背中に抱きついてくる。風呂に入って至高の抱き枕と化した阿波谷の首筋に顔が埋められた。

記憶喪失だと言っていたが、伊月の中には残っているのではないだろうか。記憶の欠片が。

——もしそうだとしたら、いつか自分のことも思い出してくれる——？

胸が弾む。そうならいいと強く思うけれど、もしこの伊月が阿波谷の伊月だとしたらこの世界に家族がいることの説明がつかない。それに阿波谷の腹に回された手は明らかにかつてより小さかった。

阿波谷が狼になったことを思えば、些細な差異かもしれない。だが、もしこの子が阿波谷の伊月でないなら、この子には他に恋人がいることになる。

——あの子以外に抱かれたくないと伊月は言っていた。

苦い感情が胸を過ぎる。これは嫉妬だろうか。

——あの子って一体誰なんだろう。

阿波谷はぐるると喉を鳴らす。

その夜は色んな夢を見たけれど、いつもの悪夢は阿波谷のもとを訪れなかった。

＋　＋　＋

翌朝、阿波谷は伊月に連れられずらりと黒い長卓が並ぶ食堂を訪れた。フードをかぶった伊月の後に続き入ってきた狼に、さざなみのようなざわめきが広がる。

「使い魔だ！」

「ふわあ。すげー、かっこいい……！」

「いいなあ。僕も使い魔欲しいなあ」

伊月はカウンターの中にいるおばちゃんに話し掛けた。

「あの、この子に食べさせられるようなもの、用意してもらえますか？」

狼は如何にも忠実な使い魔らしく伊月の斜め後ろでぴしっとお座りしたまま目だけを動かして周囲の様子を窺う。食堂はセルフサービス式で、阿波谷が通っていた大学の学食とまるで同じだった。

「おや、この子が噂の使い魔かい！　凄いじゃないか。使い魔を従えられた魔法使いは皆、大魔法使いになったっていうよ。あんたもきっと凄い魔法使いになれるよ」

伊月の頬が仄かに色づく。

「あ、ありがとうございます」

恥ずかしそうに照れる伊月は食べてしまいたいくらい可愛い。

「肉でいいかい？　すぐに用意するからね。席で待っておいで」

伊月は頷くと自分の分の食事が載った盆をもらい長卓の一番端に腰掛けた。

使い魔を従える魔法は、よほどのレアスキルと見え、皆、年頃の男の子らしく口いっぱいに料理を詰め込みながら狼を見ている。伊月を気に入らないらしい紺青率《ガンチン》いる一団まですぐ後ろの長卓に席を取った。

「はい、おまちどうさま。この子の分もおかわり自由だからね。いっぱい食べな」

盆を持ってやってきたおばちゃんに、狼は期待に満ちた視線を向ける。皆がつがつ料理を平らげているところを見ると、ここの料理は相当おいしいのだ。

だが、前に置かれた盆に載っているものを見た阿波谷は床にくずおれそうになった。

生肉だった。

いくら新鮮ないい肉でも、生は無理だ。

狼は前肢で盆を押しのけぷいっと顔を背けると、後肢で立って卓に前肢を乗せた。

「え、ちょ……っ」

もちろん伊月の食事を横取りしたりしない。ただ、俺もこれが食べたいなあ、くれないかなあという顔をしてみせただけだ。

「だ、駄目だよ、こんなの食べたら軀に悪い。それよりほら、折角用意してもらったお肉、食べなよ。ね？」

無理だ。

狼が哀れっぽく鼻を鳴らし始める。ぴすぴすきゅんきゅんという物欲しそうな声が食堂に響き渡ると、先刻以上に皆の視線が痛くなった。

おばちゃんが威勢のいい笑い声を上げる。

「あっはっは。ご主人さまと一緒がいいのかい。仕方ないねえ。ちょっとお待ち」

「そんなお手間取らせるわけには」

「いいんだよ！　その代わり、ちょっとだけその子、撫でさせてくれないかい？」

伊月が阿波谷を見た。狼はこくこく頷く。

「頭のいい子だねえ」

おばちゃんは笑い方だけでなく撫で方も豪快だった。わっしゃわっしゃと撫で回され、軀がぐらぐら揺れてしまう。

「こりゃまた最高だね！」

生肉の載った盆を持ちおばちゃんが帰っていくと、すぐ横に座っていた男の子が伊月に声を掛けた。

「あの、伊月《イーユエ》、さま。オレも撫でてみたいんだけど、いい……？」

伊月が狼を見る。正直、伊月以外に撫でられるのは厭だが、この男の子は伊月がこれから二年間机を並べ切磋琢磨《せっさたくま》してゆく仲間である。阿波谷が撫でられることで伊月の好感度が上がるなら仕方ない。

伊月がＯＫすると、他の子たちまでわあっと寄ってきた。

「ぼっ、僕もいいいい⁉」

「おれもおれもー！」

しまったと思ったものの、今更厭とは言えない。狼は修行僧のような面もちで頷き、遠慮のない少年――というよりまだ子供――たちによって全身揉みくちゃにされた。

伊月は頬杖を突き、死んだ目で耐える狼を見下ろしている。その眼差しはどこか遠い。

ふっと阿波谷は不安になる。いつ兄は何を見ているんだろう。

「イーユェ、なにをぼうっとしておるのだ」

狼に触りたそうな顔をした紺青が、伊月に話し掛ける。伊月は狼の上から視線を動かさないまま答えた。

「この子を見ていると、ある人を思い出しちゃって」

へたれていた狼耳がぴんと立つ。

「あるひと？　イェンさまか？」

薄桃色の唇に艶やかな笑みが浮かんだ。

「顔が似てるんじゃなくて。この子みたいに厭なことされても、割と何でもない顔して我慢してしまう人が知り合いにいたんだ」

「なんだ、そいつはいじめられっこだったのか？」

「ううん。不器用なようでいて僕より何でもできたし、背も高くて、羨ましいほど男らしくて……かっこいい人だった。僕の方が年上だったから面倒を見てあげてるつもりだったけど、本当は全然そんな必要なかったみたい。最後には僕の方が振り回されるばっかりだったし」

心臓がばくばくいい始める。自分のことを言っているんだろうか？　だったら嬉しいが、もしこれが別の男の話だったらと思うと頭がおかしくなりそうだ。

「オレは、ひとにふりまわされるのは、すかぬ」

「僕も最初は頭に来たけど、そのうちわかったよ。あの子は僕が本当にしたいことができるようにわざと強引に振る舞っていたんだって。僕にはそうする勇気がなかったから」

「そうおもうなら、つぎあったときはうんとほんぽうにふるまえばいいだろうが」

もったいぶった言葉に、伊月はようやく紺青の方へと向き直った。

「紺青は僕のことが好きじゃないんじゃなかったの？」

紺青はふんすと鼻息荒く胸を反らす。

「オレはどりょくもせず、ヤればいいなどという、あんちょくなかんがえかたをするやからが、きらいなだけだ」

「僕は違うよ」

「これだけのつかいまをしたがえてのけられたということは、そうなのだろう。――しっているか？　わがままほうがっかんのこもんもつとめるけんじゃどのは、りゅうをつかいまとしておられるのだ」

「竜！」

以前、街で見た奴か。

「オレもいずれはけんじゃとなり、りゅうをしたがえるつもりだ。イーユェ、オレにつかいまをしたがえるまほうをおしえろ」

「ええ？　それはちょっと無理かなあ」

「なんだと？　このオレのたってののぞみがきけぬとゆーのか！」

まだ子供らしさの残る手が伊月の胸ぐらを摑もうとする。狼がすかさず二人の間に鼻先をねじ込み割って入った。

「な、なんだ、じゃまだぞ！　のけい！　わあ！」

それでもやめようとしないので、服の端をくわえて引っ張り、床に転がす。まふっとのし掛かれば、身動きのとれなくなった紺青は手足をばたつかせて暴れた。

「こら！　どけ！　どかぬか！　ぐぬっ、ふううう～」

伊月が笑いながら阿波谷の背を軽く叩く。

「ね、どいてあげて？」

まあいいだろう。伊月に免じて紺青の上から退くと、ちょうどおばちゃんが狼の分の料理が載った盆を卓上に置いたところだった。

「はい、お待たせ！」

「お、おぼえてろよ……！」

紺青が仲間を引き連れ、離れた長卓へと逃げてゆく。

「あり、がとう、ございます……？　あの……」

盆には伊月の前にあるのとほぼ同じ料理が載っていた。

「心配しなくても大丈夫さ。塩も香辛料も使っていないからね」

湯気を立てる白飯に野菜と肉の煮込み料理。漬け物の替わりに小鉢に盛ってあるのは、花の形に型抜きされた蒸《ふ》かし芋《いも》だ。卵が溶かれたスープもあるし、ぷるんと揺れるデザートのようなものもある。品数の多い盆の上を眺めていると、胸の奥から込み上げてくるものがあった。

――人間らしい食事だ。

「どうぞ。食べていいよ」

伊月の掌がするりと頭を撫でる。

阿波谷は床に置かれた盆に鼻先を突っ込み、食事を始めた。確かに味はぼーっとしているが、狼になって舌が敏感になったのか素材の味だけでも充分おいしい。

――ありがとう、おばちゃん。ありがとう、いつ兄。

苛酷な日々に荒《すさ》んだ心が癒やされてゆく。阿波谷は半ば泣いていたが、今の阿波谷は狼、誰も気づかない。

米の一粒も残さず綺麗に平らげ、阿波谷はぺろりと鼻の頭を舐めた。

+ + +

阿波谷は幸福の絶頂だった。

狼の姿をしているのでいつでも伊月といちゃいちゃできる。キスもハグも思いのままだ。元の世界でもこんなことはできなかった。

伊月は既にふかふかもふもふの毛並みの虜《とりこ》だ。当然だ。阿波谷の白銀の毛は撫でてよし、頬摺りしてよし、抱き枕にして横になればどんなに寒い夜でも安眠間違いなしの逸品なのだから。

悪夢も見なくなった。

賢木《シェンムー》は相変わらず阿波谷を警戒しているが、伊月の使い魔ということになったので手を出せない。それどころか頻々と訪れる来客に使い魔《魔法使い》だとわかるようにしないと危険だからと魔法学舘側から要望され、阿波谷のために仕立屋まで手配させられた。

現在阿波谷は寝る時以外は服を着ている。襟のついたデザインはコートのようだ。肩がケープのようになっている服は地厚で重厚な刺繍《ししゅう》まで入っている。現代のドッグウェアと違って軀全体をくるむのではなく、裾が軀と平行に垂れ下がっており、喉元と腹のリボンをくわえてほどけば自分で脱げる。

寝る時はもちろん、風呂や食事の時も伊月の傍を離れなくていい。特に、座学の授業や演練場の実習にも付き添えるのはありがたかった。純粋に授業が面白いというのもあるが、阿波谷という使い魔を得て一躍脚光を浴びた伊月の成績がいまだ地を這っていたからだ。使い魔というのは嘘なのだから当然なのだが。

「なんだ、やっぱりおちこぼれはおちこぼれか。つかいまをしたがえたなんて、うそだったんだろう。ほんとうはあにうえかちちうえにゆずってもらったんじゃないのか」

「にゅうしを通ったのだって、何かズルしたのかもなっ」

伊月に魔法の伝授を断られた紺青《ガンチン》やその取り巻きたちがまたぞろちょっかいを出し始める。だが、これまでのようにはいかない。くだらないことを言い始めた途端に狼がずいと前に出てきて、じーっと紺青たちの顔を凝視するからだ。

「……な、なんだよ」

「伊月《イーユエ》、おまえの使い魔、何とかしろよ」

魔法使いの卵とはいえ所詮子供だ。森の獣たちを一睨みで退けてきた阿波谷に威圧されてかなうわけがない。おまけに他の子たちにもふらせている間、紺青たちが伸ばしてきた手だけは前肢で押しのけて撫でさせなかったら随分とショックを受けていた。

俺をもふりたければ、伊月を悪く言わなければいいのに。

こうやって魔法使いの卵たちは黙らせることができたが、問題は賢木だった。

「伊月さま。今日も魔法の発動に失敗されたそうですね。光玉も出せないのはもはや伊月さまだけと伺っております。故郷を出立される時、公に一族の名に恥じない行いをしろと言われたのを忘れたわけではないでしょうね」

「忘れてないし、頑張ってる。でも、できないものはできないっていうか」

「公と古いつきあいのある魔法使いが王都におります。必要なら魔力をわけてくださると親切にも申し出てくださってるので、お願いしましょう」

伊月は蒼白となった。婉曲《えんきょく》な言い方をしているが要は抱かれろということだ。

「必要ない。毎日魔力操作の特訓もしてるし、すぐに光玉も出せるようになるから」

「いつかでは遅いんです。いつまで恥を晒す気ですか」

狼ぶっておとなしくしていたものの、阿波谷は腹立たしくてならなかった。なかなか魔法をものにできずにいるが、伊月は努力している。火の球を飛ばす呪文も雷《いかずち》を落とす呪文も、舌を噛みそうなくらい難しい魔力そのものをぶつける呪文も既に暗記済みだ。そもそも受験戦争を勝ち抜き大学まで出て社会人をしていた伊月の学習能力は高い。――もしここにいるのが阿波谷の知る伊月ならば、だけれど。

ともあれ阿波谷は喋れず、伊月に加勢してやることもできない。

どうにかできないものかと思っていたある日、阿波谷たちは衝撃的な場面に遭遇した。

放課後の図書室でのことだった。学舘の図書室は天井が低く迷路のように広大で王国で手に入る書籍なら何でも揃っている。あちこちに点在する扉は職員以外立ち入り禁止で普段は締め切られているのに、その日だけはどういうことだか細く開いていた。

「ふ、う……ん、せんせ……」

甘ったるい声に気づくや否や阿波谷は頭で伊月をぐいぐい押して遠ざけようとしたのだが、最近おやつに持ち歩くようになった干し肉《ジャーキー》を目の前で見せつけるように振ってから投げられたらどうしようもない。しっぽを振り振り追い掛けている間に伊月が細く開いた扉の内側を覗き込んでしまい――凍りつく。

木の机に縋るようにして甘い声を上げていたのは、赤華《チーファー》だった。

頼りなく揺れる腰を背後で摑んでいるのは、座学を担当している教師だ。教師の中では若く面倒見もいいことから、幼い学生たちも懐いている。

幸いローブで局部は見えなかったが、教師のモノが赤華を貫いているのは明らかだった。

伊月は何も知らない子供ではない。トラウマにはならないだろうが、はらはらしてしまう。

そわそわと足元に纏わりつく狼をそっと押しのけると、伊月は静かに扉を閉めた。心ここにあらずといった足取りでその場を離れ、本も借りずに図書室を出て部屋に戻る。賢木はまた王都に行っているらしく、小さなメモが一枚卓の上に残されていた。

伊月はしばらくの間摘まみ上げたメモを眺めていたが、屑籠に放り込むと阿波谷に向き直った。

「おいで」

素直についてきた狼をトイレに閉じ込める。

「ごめんね。しばらくここにいてくれる?」

――なぜ?

扉を閉められ外から鍵を掛けられ、阿波谷は不安になった。伊月が赤華のように魔法使いを連れ込んだりするわけはないが、何をしようとしているのだろう。

半時ほどで伊月は阿波谷を解放し、夕食の時間が近づいていたので食堂に連れていってくれた。いつもと変わらない様子に狼はようやく落ち着きを取り戻したものの、賢木が王都に行くと、また同じことが繰り返された。

厭だ、と言い張ることはできた。ぴすぴす鼻を鳴らして扉に軀を挟んでしまえば伊月は諦めて、仕方ないなあと狼の頭を撫でる。後に流れるのは普段通りの時間だ。伊月が何をするつもりだったのかはわからない。

――伊月が何をしているのか、知りたい。

週に一回から二回、賢木は何やかやと理由をつけて王都に行く。賢木が出掛けていった後何となくそわそわしていた伊月は、授業が終わって部屋に戻ると早速トイレのドアを開けた。

「あの、厭かもしれないけど……」

前回お願いされた時は厭だと踏ん張ったから、今回も拒否されるのではないかと思ったのだろう。伊月の語調は弱い。阿波谷はふすんと溜息をつくと、おとなしく狭苦しいトイレに入った。

「ごめんね。できるだけ早く済ませるから」

済ませるって何をだろう。

ドアの鍵が締められるがちゃんという音が聞こえると、阿波谷は後ろ肢で立ち上がり外を覗いた。

このトイレには窓がある。換気用であまり大きくないが、阿波谷はもっふりとした毛がかさばっているだけで案外本体は細い。

リボンを引っ張って邪魔になる服を脱ぎ、十センチほど開いていた跳ね上げ式の窓の隙間に鼻先を突っ込む。半分ほど通り抜けると、阿波谷は軀を捻って壁に爪を立てた。

この巨軀でこんなことができるのはおかしいと自分でも思うが、この狼は爪を立てるだけで垂直の壁を登れる。

しっぽの先まですりと抜けると、阿波谷は隣の窓へと移動し、中を覗き込んだ。

思った通り、伊月は部屋の中にいた。寝台の上に横たわっている。具合でも悪いのかと一瞬心配になったが、伊月はローブを脱ぎ、下肢に纏ったものをずり下ろしていた。

……ん？

剝き出しになった小さな尻の向こうでぴんと立った短いしっぽが震えている。伊月の片手はすんなりと伸びた腿の間に伸びており、もう一方の手は——。

あ。そういうことか。

もし阿波谷がまだ人間だったら、赤面していたことだろう。

伊月の指が二本、鴇色《ときいろ》に色づいたアナルに埋まっていた。もう一方の手は忙しなく性器を扱いている。

伊月は自慰をしていたのだ。

——いつ兄だって男だ、そういう気分になることもあるに決まってる。……でもいつ兄、自分でする時に尻も弄るのか……。

見てはいけないと思うのに、目を逸らせない。仄かな曲線を描く腰から上も膝から下もくしゃくしゃになった服に覆われ、見えるのが尻と太腿だけというのにも昂奮する。

「ん……ん……っ、は、ん……っ」

己を慰める伊月を見ながら、阿波谷は初めて軀を繋げた時のことを思い出していた。

既に伊月に経験がないことを知っていた阿波谷はインターネットを駆使し予習した。断片的な情報を集めるだけでは飽きたらず、ＳＮＳで積極的にゲイだという人にコンタクトして根ほり葉ほり質問する。納得できるまで教えを請い、顔も知らない人たちにエールを贈られ送りだされた阿波谷は、ちょっといいホテルの一室を再戦の場に選んだ。

「本当にするの……？」

まだ躊躇っている伊月をキスで黙らせる。長い腕に囲い、おとなしく準備してこなければ自分が懇切丁寧に下拵《したごしら》えすると脅せば、伊月は顔を真っ赤にしてバスルームに入っていった。

壁越しに聞こえてくる水音を聞きながら、阿波谷は改めて覚悟を決める。

いつ兄は女の子ではないが、軀を繋げたなら責任を取ろう。指輪を買って永遠を誓うのだ。いつ兄はきっと初めての恋に浮かれているだけだと流すだろうけれど、それでもいい。

バスローブだけを纏っておずおずとバスルームから出てきた伊月は何とも艶めいていた。上気した膚に、恥ずかしそうに伏せられた目元、うなじに張りついた濡れた髪に、阿波谷はうっとりと見入る。これから自分はこの、誰よりも可愛らしい年上の幼馴染みを抱くのだ。

することはわかっていた。

阿波谷は伊月をベッドの上に押し倒しキスすると、教えられた手管《てくだ》のすべてを実行に移し始めた。

「も……っ、やだ、入れ、て……っ。けー、入れて……っ」

伊月が泣きを入れるまで、そう長くはかからなかったと思う。

バスローブの裾をめくり上げベッドの上で四つん這いになった伊月の尻に指を挿したまま、阿波谷は優しく言い聞かせる。

「まだ、駄目」

「けー……っ」

「意地悪で言っているんじゃない。いつ兄に痛い思いをさせたくない」

中でくんっと指の節を曲げると、白い尻が震える。

「あ……あ……っ」

阿波谷は挿入した指をほとんど動かさなかった。

伊月は初めてなのだ。じっくり馴染ませた方がいい。最初は時々、呑ませた指の腹で敏感な痼《しこ》りを撫でてやったり、優しく優しくラブローションを塗り広げてやったりするだけ。そのうち中がひくりひくりと蠕動《ぜんどう》し始めると、内壁を掻くようにしてやる。

「あ――……っ」

指先が痼りの上を通過するたびに伊月は泣き声めいた悲鳴を上げ、そこをひくつかせた。

「痛い？　刺激が強すぎる？」

「そんなこと、ないっ。そんなこと、ないから、も……っ」

伊月が肩越しに振り返る。眉根を寄せ目を潤ませて。今にも泣きそうな顔に、阿波谷の股間のモノが存在感を増す。

「いつ兄……。俺だってオトコなんだ。そんな顔をして見せては駄目だ」

「オ……オオカミに……っ、なって、いいから……っ」

「駄目」

伊月が魅力的すぎて、ついつい手順を飛ばしたくなる。だが、阿波谷の指を呑み込んでいる場所を見れば、『つい』では済まない大惨事になるのは明らかだ。無垢《むく》な蕾は実に慎ましやかで、自分のいささか厳ついモノをくわえ込めるようには到底見えない。

阿波谷は時間をかけて少しずつ、頑なソコを広げてゆく。

途中で伊月が泣きだした。

「も、おかしくなる……っ、お願いだから……っ」

「ごめん。もう少し我慢」

むずかりもがく軀を長軀で包むように抱き竦め、阿波谷は作業を続ける。気が済むまで慣らし終えた時には、伊月は泣きじゃくっていた。

「ばか……っ。ばか……」

にゅぷんと秘処から指を引き抜く阿波谷を、へろへろの拳で叩く。

「ごめん、いつ兄。そろそろいいと思う」

阿波谷は伊月の軀を表に返すと、涙に濡れた目元に唇を押し当てた。子供返りしたかのようにしゃくり上げている年上の男が愛おしくてならない。育てる必要などないほどいきり立っている己に手早くゴムをかぶせ、伊月の膝を割る。あられもない格好に伊月は僅かに抗《あらが》おうとする様子を見せたが、太腿の内側にキスすると背を弓なりに反らし震えた。

「……あ……っ」

「いつ兄、挿《い》れる」

切っ先を入り口に当て、圧を掛ける。ほぐされやわらかくなった輪が広がり、阿波谷のペニスが伊月の中へと沈んでゆく。

「……ふ……」

とろとろに蕩けていた伊月の表情が変わった。

眉間に寄せられた皺の意味合いが快楽を堪えるためから苦痛をやり過ごすためへと変わる。

縋るように伸ばされた手に強く上腕を握り締められ、阿波谷は躊躇った。

「いつ兄、痛い？」

阿波谷のモノはまだ、半ばほどまでしか入っていない。伊月の中は熱く、ペニスが蕩けてしまうのではないかと思うほど心地よかった。ラブローションを塗り込められた壁はぬるぬるで、腰を突き出せば奥まで一気にねじ込むことができそうだ。

そうしてしまいたいという欲望と戦いつつ、阿波谷は蒼褪めた伊月のこめかみにキスする。自分だけ気持ちよくなったところで意味なんかない。これは愛を交わすための行為。勉強したのだって、伊月にもちゃんと感じてもらうためだ。

もっと日数をかけて慣らした方がいいのかもしれない。そう思って腰を引こうとすると、伊月の両手が背中に回された。引き戻され、阿波谷は伊月の上に倒れそうになった軀を慌てて手を突いて支える。

「いつ兄?」

「やめないで。大丈夫だから、全部、挿れて」

「だけど」

全部挿れたら、きっともっと痛い。

でも、阿波谷には止めることなど、できやしなかった。

泣きながら伊月が笑ったのだ。

「けーが好きだから、ちゃんと抱かれたいんだ……」

あの瞬間の感動をどう言葉にすればいいだろう。

――ふっと我に返った阿波谷は目の前で繰り広げられている恋人の痴態を暗い目で見つめる。

うんと気持ちよくしてあげたかったのに、経験不足の自分にできたのは、苦痛を強いることだけだった。初めてだったんだし、けーのは大きいから仕方ないよと伊月は笑ったが、その次も、次の次の行為も理想からはほど遠く、阿波谷は次こそは頑張ろうと気持ちを切り替えるしかなかった。伊月はそんなことない上手だったよ。するたびにうまくなって行く末が怖いくらいだと言ってくれたけれど、自分との行為をなぞって後ろを弄っているとは思えない。

いつ兄。今、一体誰のことを想いながら己を慰めている？

この世界に存在する男か？　それとも元の世界の誰か？

もしこの世界の誰かだったら殺してやろうと阿波谷は思う。かつてだったら考えられなかったが、阿波谷の手はもう穢れている。阿波谷を差し置いて伊月にあんないやらしいことをさせる男を殺すことに躊躇いはない。

――ない？　本当に？　それでいいのか？

ふと我に返り、ぞっとした。

時々、この少年が自分の恋人ではないかもしれないことを忘れる。

最近ではそんなことなどどうでもいいような気さえし始めた。なぜならこの少年といると、いつ兄と一緒にいるのと同じ幸福な気持ちになるからだ。

――俺はなぜ我慢しなければならなかったんだっけ。

すぐ答えが出なかったことに、阿波谷は愕然とした。

混ざり始めている。いつ兄とこの子が。阿波谷の中で。

いつ兄はいつ兄。この子はこの子。同一人物と判明するまでは分けて考えるべきなのに。

爪が白い壁に溝を穿《うが》ち始める。がりがりと外壁を削ずり落ちながら、阿波谷は恐怖した。このまま傍にいたら、自分はいつか取り返しのつかないことをしてしまうのではないだろうか。

「あれ？　伊月の使い魔⁉」

たまたま通りかかった子供が持っていたテキストを放り出し、駆け寄ってくる。放っておいて欲しかったが、既に阿波谷はおとなしいいい使い魔として学舘中に知れ渡っていた。尻が地面につくと子供たちによって、死んだ目をした阿波谷はもふり倒される。

＋　＋　＋

外から子供たちの笑いさざめく声が聞こえる。

小さな声を上げて果てた伊月はしばらくの間、横たわったまま胸を弾ませていた。

己の足の間から引き抜いた指は、香油でてらてらと光っている。

「僕、頭がおかしいのかな」

満たされたようにはとても聞こえない荒んだ声が、午後のやわらかな陽射しが降り注ぐ部屋の中で虚ろに響き、消えた。

悪夢が阿波谷のもとに戻ってきた。

軀中泡だらけにされながら、薄味でも美味な食事に舌鼓を打ちながら、もふられながら。阿波谷は考える。どうすれば伊月にとって一番いいのかを。

でも、本当は。どうすべきかなんて初めから決まっていたのだ。

＋　＋　＋

それから数日経った授業の後、学舘の事務棟で何か調べていた伊月は、阿波谷を連れて王都へと繋がる門と反対の方角へと足を向けた。石段を上っていくと山中に点在する離れのような研究室が見えてくる。

伊月が足を止めたのは、元は研究室だったらしい倒壊した建物の前だった。

ここは誰の研究室だったんだろう。

更に奥へ延びる石段の先から、杖を突き白い長い髭《ひげ》を蓄えた魔法使いが下ってくる。

「おや、どうしたのかね」

「あの、ここに夢占いの権威といわれている方の研究室があるって聞いてきたんですけど」

「うむ、あったが、魔法実験に失敗して見ての通りよ。今頃王都で、研究室再建資金を掻き集めておることとじゃろ」

ほっほっほと魔法使いが笑う。

「あの、ここにいた方と連絡を取ることはできないんでしょうか」

「さあて、あれは奇矯《ききょう》な男だったからのう。事務室で把握しておらんなら、誰が知っていることやら」

「そうですか。……ありがとうございました」

伊月が頭を下げると、魔法使いは年齢の割には随分としっかりとした足取りで石段を下りていった。伊月はもう一度、完膚《かんぷ》なきまでに破壊された建物を眺めると、溜息をついた。

「残念。夢占いのこと、色々聞きたかったのに」

つまりここはかつて淡雪《ダンシュエ》が話していた夢占いの権威である魔法使いの研究室だったのだ。

伊月は随分とがっかりしているようだった。

沈み始めた陽に照らし出された横顔を眺めていた阿波谷は、伊月の後ろに回りローブの裾を引っ張る。

「え？　何……？」

足の間にずぼっと頭を突っ込むと、バランスを崩した伊月が肩の上に尻餅をついた。狼が低く下げていた頭を上げると、白い指が白銀の毛並みを摑む。

「わ！　危ない……っ」

しっかりと毛を摑んだのを確認すると、阿波谷は石段を下り始めた。

「うわっ、わわわわ……っ」

伊月の膝が腹を挟み、背に上半身が伏せられる。

途中で石段から外れ山の中に入る。夕闇の迫りつつある木々の間を抜け石垣を飛び越えると一瞬だけぴりっとしたものを感じた。

空は暗くなりつつあるが、夜目の利く狼の足取りに迷いはない。

太陽が沈み、森も闇に沈んでゆく。

草原へ出ると視界が開け、地平線の上に輝く無数の星々が目に飛び込んできた。

ちょうど目覚める刻限だったのだろう。地平線の下、草むらのあちこちでやわらかな光が灯《とも》り始める。

「何……あれ。光ってる……」

――こんなことしたところで、贖罪《しょくざい》にはならないが。

阿波谷は足を止めると、食い入るように光を見つめる伊月が降りやすいよう、身を屈めた。まるで足下が見えないのだろう。そろそろとつま先で地面の位置を探ってから背から降りた伊月はしゃがみ込むと、近くの光に顔を寄せる。

「綿毛？　綺麗……」

阿波谷が知っている伊月は蛍が好きだったがこの子も同じらしい。

ぼんやりとした光に見入っている伊月の足に阿波谷はすり、と鼻先を押しつける。

――伊月は領地の屋敷では出来が悪いと馬鹿にされていたらしい。今も魔力がうまく扱えなくて苦労している。問題なく運用できるようになっても、魔力が足りなければ魔法使いとして大成できない。

阿波谷には何となくわかる。他の学生たち——特に教師のドーピングを受けている年長組の魔力量がぐんぐん増えつつあることが。このままでは伊月はますます差をつけられることになる。

いつ兄が好きだ。

いつまでも傍にいたい。触れたいし、触れて欲しい。他の誰にも渡したくない。

でも、阿波谷にこの子を縛る権利はなかった。狼になってしまったからだ。

もしこの子が阿波谷のいつ兄だったとしても、会話もできず抱くこともできないのでは恋人とは言えない。別人だったらなおさらだ。そして伊月はこの世界で生きていかねばならなかった。そのために必要なことを阿波谷は邪魔すべきではない。この子が阿波谷を恐れ遠ざけようとしたとしても、他の誰かを好きになったとしても、魔力を得るために魔法使いに『助力』を求めたとしてもだ。

ぐりぐりとかつてより華奢になった背中に頭を押し当て、阿波谷は決意を固める。

誰かが意に反することを強いようとしたなら、全力で伊月を守ろう。でも、伊月が自分で決めたことなら何であろうと異を唱えない。今日から阿波谷は己を殺したただの狼に徹する。

くだらない独占欲を飼い慣らすには時間がかかるだろうが、きっと大丈夫だ。俺はいつ兄を愛している。いつ兄が笑っていられるのなら、そしてこれからも傍にいてくれるなら、きっと耐えられる。

そう、思ったのに。

伊月が軀をねじり、背中に押しつけられていた狼の頭を抱え込んだ。

「いいところに連れてきてくれて、ありがとう。僕が前いた場所には蛍っていう光る虫がいるんだけど、それを恋人と見に行った時のことを思い出したよ」

――――え？

どくんと心臓が跳ねた。

蛍？　ホタルという虫がこの世界にもいるのか？

「恋人は五歳も年下で、小さい頃はうんと可愛かったんだ。それなのにどんどん大きくなっちゃって、背の高さで僕を抜かしただけならまだしも、休日なんか髭も剃《そ》らないものだから怪しいおっさんみたいになっちゃって」

怪しいおっさん。

ショックを受けたもののいやこの子は俺のいつ兄じゃないかもしれないしと、阿波谷は気を取り直す。

「でもさ、でかい図体したぬぼーっとした男がさ、子供の頃と変わらずいつ兄いつ兄って慕ってくれるのって、何かきゅんとこない？」

――――いつ兄？

「僕はきゅんきゅんしたよ。そのぬぼーっとした男が、ぼさぼさの前髪を何とかすれば結構いい男なんだってことを僕しか知らないってところも、以前蛍狩りに連れていってあげたこととかしっかり覚えていて誕生日にサプライズで連れていってくれたりするところも、たまらなかった。前一緒に行った時にテンションが高かったのは、片思いの相手とデートできるのが嬉しかったたからなのに」

――片思いの相手⁉　いつ兄の恋心に気づきもしなかった唐変木は俺だったのか⁉

阿波谷は伊月を見つめた。星明かりの下、伊月は懐かしそうに笑っている。

「でも、蛍の絵柄の扇子をお土産に買ってきてくれたりするものだから、言えなかったんだよね。別にそこまで蛍を好きなわけじゃないってこと」

阿波谷は草むらに身を伏せた。両前肢で顔を隠す。

感情が爆発しそうだった。

伊月がどんな風に自分を思っていたのかを知って。自分の的外れな行動が恥ずかしくて。それから。

「けー」

伊月の声は震えていた。

「ねえ、けーなんだよね。そうでなければそんな風に恥じ入るわけない」

――この子が俺のいつ兄だとわかって。

別人か、そうでなければ自分のことなど忘れてしまったのだろうと思っていた。でも、違った。伊月はちゃんと覚えていた。それどころか姿形が変わってしまったのに自分だと気づいてくれた。

阿波谷はそろそろと起き上がると、こっくり頷いた。綿毛のぼんやりとした光の中、浮かび上がった姿に、伊月が破顔する。

「やっぱり！　視線の動かし方とかちょっとした仕草がけーそっくりだって思っていたんだ。それから痺れてしまうからって腕枕を断ると、情けなさそうに溜息をつくところも！」

はしゃいだ声を上げる伊月の目元は濡れていた。

「でも、確信できなくて、何度も自分の頭がおかしくなったんじゃないかと疑った。会いたいあまり、ただの狼にけーを投影しているだけなんじゃないかって……！」

ぎゅーっと抱き締められ、鼻の奥につんと痛みが走った。潤んできた目を阿波谷はせわしなく瞬かせる。

阿波谷も、同じだ。淋しいあまり、たまたま出会ったこの子の中に伊月の幻影を見ているのかもしれないと、ずっと。

「どうして狼の姿をしているわけ？　口は利かないんじゃなくて、利けないんだよね？」

阿波谷は耳をぺたりと伏せて再び頷いた。口が利けたらどんなによかったことだろう。

「ああ、狼の姿でも話ができなくても全然いいんだ。けーがいてくれれば」

伊月は指で目元を拭くと、ちゅっと阿波谷の鼻先にキスした。

「会いたかった……会いたかったよ、けー……」

鼻先だけではなかった。伊月は感極まったかのように、頬の辺りや額、もふもふの毛に覆われた首に何度もキスしてくる。鋭い歯列の間に舌まで挿し入れられ、阿波谷は動揺した。

俺は狼なのに。

いけないとわかっていても誘惑に勝てない。おずおずと薄い舌を伊月の舌に絡め返す。明らかに人とは違う形状に引くどころか、伊月はもどかしげに阿波谷の毛並みを摑み強く唇を押しつけてきた。

二人の唾液が混ざり合う。

狼だからだろうか。伊月の唾液は阿波谷の舌に、ひどく甘く感じられた。

「好きだよ、けー……好き……。ね、しよ……」

ぐいぐいと軀を押しつけられ、阿波谷はごくりと喉を鳴らす。

伊月は何を言っているのだろう。

ねだられている、ような気がする。セックスを。

だが、ここは野原だ。それ以前に阿波谷は狼だ。そんなことがありうるわけがない。

「けー」

伊月に下腹をまさぐられ、阿波谷はきゃん！　と悲鳴を上げた。

「ごめん、痛かった？　これくらいなら大丈夫？」

ふぐりを優しく揉まれ、気づいたら阿波谷は伊月の上にのし掛かっていた。

だ……駄目だ駄目だ駄目だ。獣の分際で、こんなことをするわけには……！

葛藤する阿波谷の前で伊月はローブを探り、軀の上にかぶさっていた部分を撥ね除ける。胸元の花釦を外したことによって、夜目にも白い喉が現れた。

「あ、ん……っ」

思わず舌を這わせると、伊月が睫毛を震わせ、切なげな声を漏らす。誘うような媚態《びたい》に、理解せざるをえない。

伊月は求めている。阿波谷を。

ずん、と下腹部が充血する。誰より愛しく恋い焦がれていた人なのだ。食べてくださいとばかりに身を差し出されて、我慢できようはずがない。

しっとりと濡れた鼻先が伊月の首筋を辿る。服の合わせに鼻を突っ込むと、伊月がボタンを外した。伊月の目には綿毛にぼんやりと照らし出された狭い範囲しか見えないだろうが、阿波谷には全部見える。白い胸板も。その中央にぷつりと色づいた小さな果実も。

鼻先で胸元を探ると、伊月はもどかしげに軀をくねらせた。時々わざとまだやわらかな胸の先を通過させれば、小さく口を開け、声を殺して喘ぐ。伊月はここが弱いのだ。……というか、挿入で痛みを与えるのが怖くてしつこく愛撫していたら見事に開発されてしまったというか。

鞘《さや》に収まっていた獣の性器が膨れ上がり、先端を覗かせる。

数回つついただけで凝り始めたそこをいかにも今見つけましたという体《てい》で舐めてやると、伊月はやだと甘えた声を上げた。ではと鼻先で押し潰すようにして転がせば、膝を擦り合わせ切なげに首を振る。

可愛い。

自然と鼻息が荒くなる。掛かる息にさえ感じてしまうようで伊月は身を震わせたが先に進みたい気持ちの方が勝ったらしい。下肢に纏ったものを脱ぎ始めた。

草むらの上に広げられたローブの上に伊月の白い足が浮かび上がる。胸の下から腰骨の辺りまではシャツで隠したままというのがまたそそる。

いつもなら阿波谷が指で慣らすのだが、今の阿波谷の手にはそうするだけの能力がない。どうしようと思っていたら、伊月が牙の間に指を挿し入れてきた。

「これ、少し頂戴……」

唾液を潤滑液代わりに、伊月の細い指が薄桃色の可憐な蕾の中へと沈んでゆく。リズミカルに中を刺激する動きがなまめかしい。阿波谷の性器は完全に勃起し、露出した。

「ん……っ、赤華《チーファー》がえっちしてるの、見たことあるでしょう……？　あれからけーが欲しくてたまらなくなっちゃって……すぐ傍にいる使い魔がけーかもしれないって、思ったら、何か、我慢できなくなっちゃって……もし本当にけーだったら、狼でもいいから絶対してもらおうって思ってた……っ、んっ」

指が増やされる。動くたびに僅かにちらつく内部の肉色に飢えが募った。

あの中に性器を埋めればどれだけ心地いいか阿波谷は知っている。さっきから痛いくらいに張りつめた性器が、伊月の準備が終わるのを今か今かと待っている。

——俺は、ケダモノだ。

「あれ……？　何かこれ、変……どんどん中が熱くなる……あ……切なくてたまんない」

いつの間にか周囲は、ふわふわと浮かび上がった光る綿毛でいっぱいになっていた。ぼんやりとした光に浮かび上がった伊月の肢体は何とも艶めいていて、尊い。

「けー、お願い……来て……」

ふっと脳裏を血塗れで息絶えた怪物の姿が過ぎる。

自分はもういつ兄が恋してくれた『けー』とは違うのかもしれない。こんなことをするべきではないのかもしれないと思ったが、伊月を求める気持ちは止められなくて。

唾液でてらてらと光る伊月の指が蕾から抜き出されると、阿波谷は恥ずかしそうに開かれた足の間に腰を進めた。

少し腫《は》れたようにぽってりとしている入り口に切っ先を押し当てる。

「あ」

首の周りの分厚い毛を伊月が摑む。

圧を掛け、ゆっくりと押し込むにつれ、小さく窄《すぼ》まっていた肉の輪が大きく押し広げられてゆく。

「あ、あ、あ……」

あったかい。

人間だったときよりずっと大きな性器が伊月の中に埋め込まれてゆく。

たとえ合意の上でも、獰猛そうな獣に組み敷かれ尻を犯されている伊月を幸せそうだと思う者はいないだろう。

酷いことをしているなとぼんやり思う。でも、狼の阿波谷は伊月を再び得られて歓喜していた。

「あ……奥、まで。奥まで、届いてる……」

譫言《うわごと》のように呟く伊月の首筋に鼻先を擦り寄せ、十数える。すぐに動いたら伊月がつらい。本当はこの長大な大きさが馴染むまでじっと待っていてあげたかったが、獣の本能が叫んでいた。

これ以上は無理だと。

伊月の中は蕩けるように気持ちよかった。

ひく、ひく、と痙攣し、甘く締めてくれるのもたまらない。

数え終わるや否や、ゆっくりと腰を引くと、毛を摑む手に力が入った。

「……っ」

再びぐっと突き上げると、食いしばった歯の間から息が漏れる。

——苦しいのだ、きっと。

それはそうだ。こんなに大きなモノで腹の中を犯されて、苦しくないわけがない。

キスの代わりに唇を舐めると、伊月が大きく口を開けた。

「もっと、きす、して」

かあっと頭に血が上る。

……こんなのがキスであるものか。

泣きたい気持ちで腰を振る。伊月の口の中に舌を伸ばすとちゅっと舌先を吸ってくれたのが嬉しかったが、今の阿波谷は狼だ。

阿波谷が上になっているせいもあり、唾液がだらだらと伊月の口の中に流れ込む。狼の涎《よだれ》など飲みたくないに違いない。舌を抜き出そうとした時だった。

ぎゅうっと毛を握り締められた。

……⁉　伊月？

無理矢理舌を引き抜くと、白い喉がこくりと動く。狼の唾液を飲み込んだのだ。

――そんなこと、しなくていい。

そう言いたいが狼にはできない。はあ、と熱を孕《はら》んだ溜息が漏れ、ほっそりとした軀が震える。それから細く開けられた伊月の目は、深い喜悦に潤んでいた。

……え？

「きす……もっと……」

あ、と口が開かれおずおずと頭を下げると、伊月が阿波谷の毛を摑み更に近くへと引き寄せる。長く伸ばされた舌に口の中をまさぐられ、阿波谷は困惑した。

厭じゃ、ないのか……？

さっきまで痛みに強ばっていた軀から力が抜けている。ん、ん、と、阿波谷の唾液を啜《すす》りながら漏らされる鼻声はまるで感じているかのようだ。

かのよう、ではない。感じている。

試しにキスをほどいてつんと尖った胸の先を舐めれば、伊月は蕩けるようなよがり声を上げ、身を捩《よじ》った。

人間だった頃の阿波谷を相手にした時より反応がいい。痛がられるよりはいいが、複雑な気分だ。

――いつ兄、実はそういう嗜好《しこう》があったのかな……。

釈然としないものの、感じ入ってくれる恋人の姿に喜んだ阿波谷の腰が早さを増す。クる。

抜いてから出すべきだと思いつつも欲望に負け、阿波谷は伊月の胎《はら》の奥深くまで串刺しにして放った。伊月が掠れた悲鳴を上げ、仰け反る。

深い悦に四肢がひくんひくんと震えた。

中の肉が熱く淫らに蠢《うごめ》き、最後の一滴まで阿波谷から搾り取ろうとする。

「けーの……熱い……」

うっとりと伊月が呟く。上気した目元は濡れていた。何とも淫蕩な表情に、阿波谷は軽い驚きを覚える。伊月のこんなに気持ちよさそうな顔を見たことがない。

おまけに、終わったのだからとペニスを引き抜こうとしたら、毛を摑まれて引き戻された。

「ね、けー……もっと……。駄目……?」

おずおずと上目遣いに伊月にねだられて断れるわけがなかった。

今度は後ろから伊月に挑む。

一度挿れて慣れたからだろうか。伊月の反応は明らかに違った。

もはや理性など残っていないのか、淫らな声が止めどもなく漏らされる。小さな尻はきゅんきゅんと阿波谷を締めつけ放そうとしない。わざと力を入れているわけではなく、間断なくイきまくっているらしいと気づいたのは、ローブの上にできた白い水溜まりを見た時だ。

阿波谷が次に果てるまでに、一体何回達したことだろう。

先刻同様中出しすると、伊月はローブに爪を立て、全身をわななかせた。とてつもなく気持ちよさそうに。

そして、糸が切れたように意識を飛ばした。

残された阿波谷は途方に暮れた。今の阿波谷の姿では伊月に服を着せることも、おんぶして寮に連れ帰ることもできなかったからだ。

＋　＋　＋

朝陽が昇ると光る綿毛は一つ残らず姿を消した。綺麗になった葉の先に朝露が光っている。少し肌寒いが、ローブにくるまり狼の腹に埋もれるようにして眠っている伊月の頬は血色もよく艶々していた。

愛する人と思う存分愛し合った後に迎える気怠《けだる》い朝。幸せの絶頂にあるはずの阿波谷の表情は冴えない。

人間の時の自分の方が愛撫も丁寧だったし、大きさもまあ大きいは大きかったが今よりも伊月の軀の負担は小さかったはずだ。腰を振る以外できない狼に犯された方があああも乱れよがるなんて、人間だった時の自分はよっぽど下手くそだったんだろうか。

虚無の表情で空を眺めていると、魔法学館の始業を知らせる鐘の音が聞こえてきて伊月が飛び起きる。

「あ……あ、鐘の音……っ、遅刻……！」

とはいえ伊月のローブは昨夜敷物代わりにしてしまったせいで汚れている。シャツにも白いものがべったりついていて生臭く、とても教室に行ける状態ではない。

「ああああ……！」

人間、諦めが肝心だ。

頭を抱えフリーズしてしまっていた伊月がへたりと座ると、阿波谷が伊月の足の間に頭を突っ込む。伊月がちゃんと跨がると、阿波谷は魔法学舘を抱く山へと移動を始めた。

途中の小川で一旦伊月を降ろし、服の汚れを落とさせる。ある程度綺麗になってから寮へと戻ると、賢木《シエンムー》が鬼の形相で待ち受けていた。

「一体何を考えているんですか。公は伊月《イーユエ》さまを遊ばせるためではなく、魔法を学ばせるためにここに送ったんです。それなのに朝帰りした挙げ句授業を欠席されるとは。——今までどこで何をしていたのですか」

顔を見るなり頭ごなしに怒鳴りつけられ、びしょびしょの服を纏った伊月は申し訳なさそうに身を縮める。

「この子と星を見た後、その辺で眠り込んでしまっただけ。その後、小川に落ちてしまって……。無断で外泊して心配を掛けたことについては反省しています」

「心配？　は、誰があなたのことなど心配するものですか。私はただ、公に命じられたから仕方なく役目を果たしているだけ。本当はあなたのように出来の悪い子に従って西を離れたくなどなかった！」

阿波谷は呆れた。この男には言っていいことと悪いことの見分けもつかないのだろうか。伊月は既に社会人でそれなりに打たれ強いが、もし肉体通りの十八歳の少年がこんなことを言われたらきっと傷つく。

それに伊月は濡れ鼠《ねずみ》だった。体液などを阿波谷が洗い流させたせいではあるが、このままでは風邪を引いてしまう。従者ならいつまでも説教をしていないで着替えさせるべきだ。

のっそりと前に出ようとした狼を、伊月が毛を摑んで止める。

「賢木、ごめんなさい。二度と授業を休むようなことはしないから――」

「口でなら何とでも言えます。どうやら私はあなたに甘くしすぎたようだ。あなたは自分勝手で己の立場というものをまるで理解していない」

「そんなこと――」

「理解していたら魔力向上の努力もせず夜遊びするわけがない。あなたの誰より酷い成績のせいで公や兄上方がどれだけ恥ずかしい思いをさせられているかわかっているんですか？　あなた一人が不出来なせいで、公の血筋の優秀さまで疑われているんですよ⁉」

「……」

伊月が本当に公の子だったら恐れ入ったかもしれないが、ある日突然望みもしないのにこの世界に連れてこられただけなのにそんな責を負わされても困る。

「黙って突っ立っていたって仕方がないでしょう。湯浴みでもしてその酷い格好を何とかしてきなさい」

「授業は――」

「誰かにそんな姿を見られたらそれこそ公の威信に傷がつきます」

「――はい」

伊月は素直に頷くと、着替えを用意して部屋を出た。こういった細々《こまごま》としたことも本当は賢木がやるべきなのに。

授業中なので、風呂には他に誰もいなかった。昼に一度湯を抜いて清掃が行われると知っていたので、伊月に全身丸洗いしてもらうと阿波谷は浴槽へ飛び込む。

極楽、極楽。

湯で洗ってもらえるだけでも充分幸せだと思っていたが、湯に浸かるのはまた格別だ。

伊月は最初のうち、普通に湯船の端に寄り掛かり洗い場の方を眺めていたが、思いついたように阿波谷に身を寄せると首に両手を回して抱きついた。濡れているからふわふわでももふもふでもないのに、首筋に顔を押しつけてくる。

――ドギマギ、する
風呂から出るともう午前の授業に出るには遅い時刻だったので食堂へ昼食を取りに行った。いつものおばちゃんが、昨夜また結界に乱れが生じたそうだけど大丈夫だったかいなんてお喋りしながら二人分の食事を出してくれる。ガツガツと食べていると、授業が終わって移動してきた皆がどうして休んだのかと聞いてきた。魔法学舘に所属する魔法使いの卵たちは自信家で我が儘なようでいて授業をさぼったりしない。性的に奔放な子であろうと悪ぶっている子であろうと魔法に対しては真摯《しんし》だ。この二年間に己の人生が掛かっているという強い自覚があるからだろう。

賑やかな食事が終わると、午後の授業に出席する。午後は座学。魔法理論だ。これが終わると本日の授業は終わり。明日はいわゆる週末で、一日だけとはいえ休みをもらえる。だからといって外出できるわけではないので、教室や演習場を借りて自習する子が多い。

その夜、寝台に潜り込むと、伊月が静かに身を寄せてきた。伊月がくっついてくるのはいつものことだけど、明らかにこれまでとは触り方が違う。対わんこではなく対恋人用の触り方だ。隣の寝台に賢木がいるのだから何ができるわけでもないのに、軀がそわそわしてしまう。

翌朝、変に目が冴えて眠れなかった阿波谷を起こしたのは伊月の声だった。

「あれ？　賢木？　また王都？　一昨日行ったばかりなのに行けるの？」

目を開けると、賢木が外出の準備をしている。王都に行きたがる者が多く、話し合いの結果荷馬車は順番に利用しようということになったらしい。特に週末は競争率が高いはずだ。

「それくらい何とでもなります。それより私がいないからといって、羽目を外したりしないように」

「そんなこと、しないって」

「……どうだか」

ふん、と鼻を鳴らし、賢木が部屋を出ていく。扉が閉まるや否や、伊月が尻を支点に軀の向きを変えた。

「二人きりだね」

ちゅっと鼻先にキスされる。昨日から表情が艶めいているように見えていたのは気のせいではなかったらしい。

狼とのセックスがそんなにお気に召したのだろうか。どんよりとした気持ちでいると、伊月がベッドから飛び降りた。阿波谷に背を向け、寝間着の上を脱ぎ捨てる。下に着ているハーフ丈のズボンはウエストを紐《ひも》で縛る形式だ。太腿まであった上着がなくなって露わになったスリットからぷりん！と出たしっぽに、阿波谷の目が吸い寄せられる。

「えーっと」

紐を解いた伊月が、ズボンの中に手を差し入れ、スリットからしっぽを引き抜く。次いで下着からもしっぽを抜き全裸になると、思いきり軀を伸ばした。形のいい尻の上に持ち上がったしっぽがぴるぴるぴるっと震える。

………………？

我に返った時には、しっぽに食らいついていた。

「ひあ……っ」

伊月の軀が前へと逃げる。がくんと膝が崩れ、床に手を突いてしまった伊月に、阿波谷は驚いた。

どうやらしっぽも性感帯の一つらしい。

あぐあぐと甘噛みすると、甘い声が上がる。

「は……っ、駄目……っ、けー、そこだめ……っ」

……楽しい。

へたり込み喘いでいた伊月の手が足の間へと伸びる。前肢でしっぽを押さえれば、我慢できないとばかりに指先が蕾を探るのが見えた。

痛がっていたくせに、いつからえっちな気分になった時に前ではなく後ろを弄るようになったのだろう？

ぬめりが必要だろうと、指ごと尻を舐め上げてやる。白く繊細な印象を与える指先が狼の唾液を蕾へとなすりつけ、肉の輪を広げた。ゆっくりとあたたかな洞の中に沈み込んでゆくさまを目の当たりにし、阿波谷は喉の渇《かわ》きを覚える。

ヤりたい。

「ふ、う……っ」

昨日したばかりなのに伊月の蕾はもう固く閉ざされてしまったようだった。伊月のそう太くない指でさえ、呑み込むのに苦労しているように見える。あそこに狼の逸物を入れられるようになるまでどれくらいかかることだろう。じっとしていられなくなってしまった狼はしっぽの毛繕いを始めた。

「あ……や……っ」

下から毛並みを舐め上げてやるたび、伊月のしっぽはたまらないとばかりにぴるぴる震える。感じ入るとぴんと立ってしまい、指をくわえ込んでいる秘処を露わにしてしまうところも可愛い。

尻が物欲しげに揺れ始める。

時々指の隙間から唾液を流し込み、ぬめりを足してやるたびに伊月は震えた。

「熱……っ」

強まってゆく伊月のにおいが狼の本能を刺激する。

阿波谷の視線を意識するがゆえか辿々しい指使いではあったが何とか指が三本入るようになると、伊月は慣らすのをやめ、阿波谷へと向き直った。胸を押して阿波谷を仰向けにし、腹毛の中からぴょこんと飛び出した性器に手を添える。

まさか……？

「ん……」

清廉そうな小さな口に半ば勃起していた性器をくわえ込まれ、阿波谷は宙に浮いた後ろ肢の指をにぎにぎした。

嘘だろ。俺は狼なのに。

獣の性器など、普通なら見るのも忌《い》まわしいだろうに、伊月は自らそれを望み嬉々としてしゃぶってくれている。

こんな躯で伊月を欲するなんて、身の程知らずもはなはだしいと思うのに、浅ましい阿波谷の性器はむくむくと膨れ上がり先端から青臭い体液を分泌し始めた。

「けー……」

ちゅるっと淫猥な液を啜った伊月の目がとろりと蕩ける。

もう、我慢できなかった。

阿波谷は躯をねじって素早く起き上がると、後ろから伊月にのし掛かった。高く浮いた肩胛骨《けんこうこつ》に前肢を乗せ、狭い肉の狭間《はざま》に厳つい性器をねじ込んでゆく。

途中で伊月の肘が力なく折れ、尻だけが高々と掲げられた。卑猥な格好のまま阿波谷を根元まで受け入れた伊月が喘ぐように言う。

「ん……おっき……。胎の中……けーでいっぱい……」

喉が勝手にぐるるるると鳴る。阿波谷は雄の本能に命じられるまま、荒々しく伊月を突き上げ始めた。

＋　＋　＋

伊月は満ち足りた気分でいた。

朝から阿波谷と愛し合って、昼食は食堂でもらってきた食べ物を寮の前庭で陽射しを浴びながら食べた。今は魔法書を読んでいる。椅子が斜めに引かれているのは、膝の上に狼の頭が乗っているからだ。

ふさふさのしっぽが床を擦る音が聞こえる。それから時々ページをめくる音が。

月氏の家も賢木《シエンムー》と過ごした魔法学館への旅の間も気疲れすることばかりだったけれど、今は家に戻ったかのようなくつろいだ気分だ。

阿波谷のおかげだ。阿波谷が身も心も愛し満たしてくれたおかげ。昨夜したばかりなのにと呆れられたかもしれないけど。

空が赤く染まった頃、王都から賢木が帰ってきた。

「おかえりなさい」

開いた扉に顔を上げ挨拶すると、続いてもう一人入ってくる。

「ええと……？」

慌ててノートを閉じ起き上がった伊月に、客が笑みを向けた。

「やあ、久しぶりだね」

甘いマスクには見覚えがある。入学式の時に会った魔法使いだ。名前は確か雲海《ユンハイ》。

流れるような動作で閉じた扉の中央に掌を押し当てると魔法使いは伊月の方へと向き直った。

「けー……？」

阿波谷が低く唸り始める。

「凄いね、それが君の使い魔か。王都の貴族がこぞって毛皮を欲しがりそうだ」

「……は？」

無神経な台詞《せりふ》に伊月の声も低くなった。

気づいているのかいないのか、男の声は甘い。

「俺のこと、覚えてる？」

忘れるわけないと確信しているのだろう。自信満々な態度が鼻につく。

「入学式にいらしていた、来賓の方ですよね」

そっけない態度に男は苦笑した。

「まあ、間違ってはいないな。ちなみに君の従者に頼まれて――つまりは公のご意思に従い、今日から君の師となる」

「は？」

伊月は鹿耳ごと首を傾げる。

「師ってどういうことですか？　卒業までまだ二年近くあります」

雲海はしたり顔で答えた。

「そうだね。普通は魔法学舘卒業時に魔法使いの雛は師について修行を始める。でも、何事にも例外というものがある。たとえば、魔力が弱くてとても授業についていけない場合だ」

すうっと血の気が引いてゆく。

すぐにわかった。伊月の魔力がなかなか成長しないのに焦れた賢木は、この魔法使いとえっちさせて底上げを行うつもりなのだ。

でも、そんなことができるわけがなかった。伊月には阿波谷がいる。

「僕には必要ありません」

「今、学舘の事務室で君の成績を確認させてもらってきたが君には俺が必要だよ、伊月《イーユエ》くん。入学してから二ヶ月が経とうとしているのにまだ火球も出せていないんだって？　これ以上の遅れは致命的な結果を生みかねない。公も心配なさっておいでだというし」

黒衣の裾を優雅に捌《さば》き歩み寄ってきた雲海に抱き寄せられそうになり、伊月は弾かれたように後退った。

「触らないでください！」

出口へと走り扉を開けようとする。だが、びくともしない。

「⁉」

「無駄だよ。さっき結界を敷いた。どれだけ叩いても扉は壊れないし、この部屋で生じた物音は誰にも届かない。便利だろう？　魔力が増えれば君もこういった魔法を使えるようになる」

伊月は扉を背に立ち竦む。再び伊月に近づこうとした雲海の前に、阿波谷が立ちはだかり、牙を剝いた。

ぐるるるという獰猛な唸り声の、何て頼もしいことだろう！

「その狼を敷物にしたくなければおとなしくさせろ。大丈夫さ、皆やっていることだ、怖がる必要はない。それどころかとっても気持ちよくなれる。保証してもいい、俺はうまいんだ」

怒った阿波谷が頭を仰け反らせ咆哮する。空気がびりびりと振動し、雲海が秀麗な眉を顰めた。

「うるさいぞ」

翳した杖の先端に火球が生まれる。最初、ビー玉くらいのサイズだった火の塊はみるみるうちに膨れ上がり、バレーボールほどにまで成長した。

「な……っ」

反射的に下がろうとした背中が扉にぶつかる。火球はまっすぐに阿波谷へと飛んでゆき――前肢で叩き落とされた。

「何⁉　たかが狼が、魔法に抗せるわけが――！」

霧散した火球に驚く雲海に阿波谷が飛びかかる。害虫を殺すのも躊躇う人だ。これも威嚇にすぎないと伊月にはわかっていたけれど。

雲海は狼を吹き飛ばした。

何が起こったのかとっさに呑み込めず、伊月は目を見開き足元に横たわる狼を見下ろす。

阿波谷は痙攣していた。鼻と口からは血が溢れ、焼け焦げた毛並みの下に焼け爛《ただ》れた肉が覗いている。白銀の毛先からちりちりと立ち上ってゆくものは何だろう。

「け――……！」

取り縋る伊月を賢木が引きずるようにして寝台へと連れて行く。

「放して、賢木！」

「黙れ。雲海さま、私が押さえていますからその間に」

伊月を一喝した賢木の声には憎しみさえ感じられた。この男はとことん自分が嫌いなのだ。

雲海が杖を壁に立て掛けて伊月を見下ろす。

「こういう乱暴なやり方は好みじゃないんだけどね。素直じゃない君が悪い」

懐から首輪のようなものが取り出された。四方に何かが揺れている。鈴かと思ったが音がしないところを見ると飾り石らしい。

「好みじゃないならやめてください！　どうしてもと言うなら、あなたの体液を飲みます」

「ああ――」

何もしなくとも女性に好かれそうな甘い容貌。人当たりのいい笑みを浮かべていた雲海の目が一瞬だけ酷薄に光る。

「でも、それじゃあ俺が楽しくないだろう？」

――こんな男を師として仰ぐことなど、絶対にできない。

賢木に押さえつけさせ、雲海が取り出した輪を伊月の首に留めようとする。厭な予感を覚えた伊月は渾身の力で暴れた。それで逃れられなければ舌を噛むつもりだった。そして死んだら化けて出る。絶対にこの男の思う通りにはさせない。

でもこんなことを考えるということは、裏返せば今の伊月には打つ手がないということで。

首輪がうなじを通り首回りを一周する。雲海が留め金を留めようとした刹那《せつな》――乾いた木が弾けるような音が聞こえた。

「――？」

雲海が弾かれたように上半身を起こし、周囲を見回す。

「どうしたんですか」

賢木にいらだたしげに先を促され、雲海は訝《いぶか》しげに伊月を見下ろした。

「結界が軋《きし》んでいる。君の仕業――なわけないな。とすれば――」

上半身を捻り後ろを振り向いた雲海の視線を追い、伊月は息を呑んだ。

狼がよろよろと立ち上がろうとしていた。

「けー!」

明らかに血がまだ止まっていないし目は虚ろで死んでいないのが不思議なくらいの状態なのに、伊月のために戦おうとしているのだ。

「おいおい、嘘だろう?」

呆れた顔をした雲海が再び片手を翳す。また何か魔法を放つ気だと気がついた伊月はとっさに雲海の手を蹴り上げた。

「この、くそガキ!」

邪魔をされ怒った雲海が手を振り上げる。殴られるとわかっていても、押さえつけられていては避けようがない。

思いきり頬を張られた。

一瞬意識が飛びそうになる。

でもここで失神したら賢木たちの思う壺《つぼ》だ。伊月は必死に意識を保とうとし——異変に気づいた。

雲海も賢木も一点を凝視している。

視線を辿って阿波谷へと目を遣った伊月の膚が粟立った。

——あれは、誰だ……?

狼の優しそうだった青灰色の瞳に冷たい殺意が漲っている。雲海や賢木が身動き一つしないのは本能で感じているからだ。どんな些細な隙でも命とりになると。

相手は死にかけの狼なのに。

「一体何だ、貴様は——」

雲海が手を翳す。また阿波谷を攻撃する気なのだ。

——させない。

金剛は言っていた。最初のうちは魔力があっても効率的に運用できなくて魔法が発動しないということがよくあるのだと。淡雪も伊月の魔力の流れはあちこちで滞っているけれど、鍛錬すれば改善されるはずだと言った。

ねえ、それならそろそろできるんじゃない？　僕にも魔法を使うことが。

鍛錬は充分積んだ。あと少しで成功しそうだという感覚は随分と前からあった。危機的状況に意識は今までにないくらい研ぎ澄まされている。ここで使えるようにならなきゃ——けーを救えなくちゃ、男じゃない。

伊月は早口に呪文を唱え始めた。

雲海が鼻で嗤う。

「何だ魔法を使う気か？　魔力もない落ち零れに使える魔法などあるのか？」

今度は槍の形をした炎が放たれる。火球とは比べものにならない早さで狼を貫こうとした槍は、だが、伊月が構築した見えない盾によって防がれた。

「何⁉」

ほっとしたのも束の間、阿波谷の気配が膨れ上がり、伊月は蒼褪める。やめて。けーはもう何もしなくていいから……！

祈り虚しく、次の瞬間、雲海の右腕が消し飛んだ。

「あああああ」

白い壁や天井が夥《おびただ》しい血で染まる。ぽたぽたと垂れてくる血糊《ちのり》に、伊月は泣きたくなった。

この世界に来てから何度も自分の運命を呪った。でも、自分なんかよりけーに降りかかった運命の方がよっぽど理不尽だった。姿形は狼、口も利けない。おまけに優しいから、恋人を守るためなら何でもする。

ついこの間までけーはごく普通の大学生に過ぎなかったのに。こんなことができるような人じゃなかったのに……！

――けー……！

惨状に茫然としている賢木の腕を振り解き阿波谷へと駆け寄る。

「けー！　けー、大丈夫⁉　しっかりして！」

――もういい。もういいから……！

今度は賢木が剣に手を掛ける。しかし、間合いに入るより早く、狼を中心に暴風が湧き上がり、窓まで吹き飛ばした。ぱりんと澄んだ音と共に結界が破れる。

「なぜ……なんで……獣がこんな……っ」

大量の血を流しながらも、雲海がなおも振り翳そうとした杖が誰かに摑まれた。

「そこまでだ」

目を上げ、伊月はぎょっとした。いつの間にか部屋の中に狼頭の男がいた。

「賢者、さま……？」

「炎《イエン》殿!?　なぜここに！」

雲海が吠える。

「万が一にもこういう間違いが起こらないように、常に学館内を監視しているからだな」

相手は炎だというのに、片腕を吹き飛ばされ怒り狂った雲海は止まらない。

「邪魔をするな。俺はこいつの師だ。魔力の付与は国によって黙認されている」

「馬鹿野郎！　今は戦時下じゃねえ。そんなの学生の合意があった場合に限るに決まってる」

「だが、公に――」

「慓候の意志はその子の意志じゃねえだろうが」

狼頭の賢者が手を翳すと、杖は雲海の手から逃げ出し宙に浮かんだ。ばきんと大きな音を立てて二つに折れる。

「何ということを……！」

愛用の杖をへし折られた雲海が崩れるように膝を突いた。

「誰かこの馬鹿を手当てしろ。終わったら牢に放り込んでおけ。後の対応は学長に任せる」

いつの間にか扉が開いており、廊下は教師や学生たちで大騒ぎになっていた。伊月が懇願する。

「賢者さま！　けーを助けて！　この人に、魔法で攻撃されて――」

狼は虚ろな目を見張ったまま、ふーふーと荒い息を吐いていた。全身から何かが放出されつつあるのが感じられる。全部散ったら阿波谷自身まで消えてしまいそうで怖い。

「わかっている。場所を変えるぞ」

狼頭の賢者が杖を掲げると、足下に丸い魔法陣が浮かび上がった。見る間に周囲の景色が霞み
――気がつくと伊月たちは、居心地のよさそうな居間にいた。暖炉では火が燃え、窓の外には魔法学舘からは見えなかった急峻《きゅうしゅん》な山々や森が見える。

居間の大きな長椅子には長い折れ耳をてろんと垂らした麗人と幼な子、それから細い三つ編みを腰まで垂らした男がいた。

「淡雪《ダンシュエ》さま……⁉」

麗人は炎の伴侶の淡雪だ。幼な子は入学式に会った子とは違ったが淡雪によく似ているので血縁者であるのは間違いない。

「伊月さん？　ちょうど今、伊月さんの話をしていたところなんだけど……ってその血、どうしたの……！　怪我……⁉」

「こいつの血じゃねえ」

それから淡雪はようやく床にぐったりと横たわった阿波谷に気づいた。ほわほわとした優しげな顔だちが引き締まる。

「わかりました。旦那さま、もう一度転移を」

幼な子を抱き上げ淡雪が足早に歩み寄ると、話を聞いていた三つ編みも立ち上がった。

「僕も行きたいぞ」

床に再び魔法陣が広がる。景色が変わると、幼な子がはしゃいだ声を上げた。

「ゆきー！」

そこは雪深い山中だった。何もかもが真っ白な中、切り立った崖に穿たれた浅い洞窟だけが無骨な岩肌を覗かせている。洞窟の半分ほどは澄んだ水に沈んでいた。

服が濡れるのもかまわず、炎が狼を泉の中へと引きずってゆく。大きな岩の上に頭だけ乗せ、首から下が全部氷のように冷たい水に浸かるようにすると、炎は大きく息をついた。

「これでよし」

「これでよしって……これじゃ、けーが凍え死んでしまうんじゃ」

戸惑う伊月の頭を、幼な子を片腕に抱き直した淡雪が宥《なだ》めるように抱く。

「大丈夫ですよ。ここは雪氏の聖域。僕たち一族の生誕の地です。霊獣にとって大気に満ちた清浄な霊気ほど損ないかけた魂を癒やしてくれるものはありません」

「霊獣……？　けーって、霊獣なんですか……？」

炎がざぶざぶと水から上がってきた。

「知らなかったのか？　こいつは霊獣、本当は形などない。多少怪我したくらいで弱ったりしないんだが、肉体に馴染みすぎていると魂まで傷ついて、下手をすれば散ってしまう」

散る——死ぬ？

軀の奥底から込み上げてきた恐怖に、伊月は震えた。

「それで、何があったんですか？」

淡雪が幼な子を下ろす。幼な子は洞窟の縁まで走ってゆくと雪に小さな足跡をつけ始めた。

「伊月に不心得者の魔法使いが魔力を与えようとしやがった」

婉曲な表現が何を指しているか理解したのだろう。淡雪が口元を押さえる。

「何てことを。……怖かったでしょう？」

伊月は顔を仰向け、淡雪の顔を見上げた。

「怖かった……？」

置き去りにしていた感情が堰《せき》を切ったように溢れ出す。

そうだ、怖かった。賢木の悪意が。けーが見せた殺伐《さつばつ》とした眼差しが。何よりけーにそんな目をさせてしまった無力な自分が。

ぽろぽろと涙を流し始めた伊月を、淡雪が抱き締める。

「僕……僕、全然魔法を使えなくて。だから、賢木が勝手に雲海を師にしようとして……。僕は厭だって言ったのに」

「そう。大変だったね」

「でも僕、ちゃんと魔法を使えた。あんな男にヤられなくても、魔法の盾を生成できた……！」

「それはおまえが、そいつと情を交わしたからだろう」

賢者がぱちんと指を鳴らすと、足下からあたたかいつむじ風が起こり濡れた衣服を乾かした。

「悪い。においでわかってしまった」

「——毎日魔力操作の鍛錬をしてきた結果じゃなかったんですか？」

「淡雪の血筋もそうだが、霊獣はおしなべて魔力が強い。交わったことによっておまえの魔力量は凄まじい勢いで増加し、澱みを押し流してしまったのだろう」

獣だと思っていたから考えたこともなかった。阿波谷も魔力持ちである可能性を。

でも、けーは魔力まで僕に与えてくれていた……。

「獣の姿をしているのに、けーは淡雪さまと似た存在なんですか？」

「霊獣の肉体は仮初めの器だ。望むだけでいくらでも変えることができる。淡雪は自分を兎耳のついた人の姿をしていると思い込んでいるからそうなっているだけだ。小さな白兎にも狼にも本当はなれる」

「じゃあ、けーも人の姿に戻れる……？」

炎が頷く。伊月は阿波谷が狼でもかまわないが、阿波谷は喜ぶことだろう。

「さて、改めて詫《わ》びさせてくれ。助けに入るのが遅くなって悪かった。学生が理不尽な目に遭わずに済むよう色々手を尽くしたつもりでいたが、結界にひびが入らなければ気づかなかったかもしれん。二度とこんなことがないよう、魔法学舘には新たな対策を布《し》く」

「甘い汁を吸うことを覚えた馬鹿どもには本当に困っちゃうよねえ」

三つ編みの男が胸の前で腕を組み、うんうんと頷く。

「あの、あなたは……？」

伊月が鹿耳を片方だけぴこんと倒すと、淡雪が手を叩いた。

「そうだ、伊月さんに紹介しようと思っていたんです。こちらは月輪《ユエルン》。魔法学舘で夢占いの研究をしている魔法使いです」

「どうもどうも、月輪です。異界渡りに興味があるんだって？　珍しい子だねえ。いや、本当に人気のない分野だから、関心を持ってもらえて嬉しいよ」

この人が淡雪が以前言っていた夢占いの第一人者、つまり崩壊した研究室の主か。

伊月はこくりと唾を飲み込む。

魔法使いは黒衣がトレードマークとなっているせいか、黒っぽい装いを好む者が多い。だが、月輪は随分と派手だった。丈の長い服にはビビッドなカラーで大胆に花が描かれている。長い三つ編みの先は女性がつけるような花の飾りで留められているし、爪も磨いてあるようだ。

「興味があるっていうか……異界渡りでもしなければ、けーに会えないと思っていたから」

かつての伊月は、たとえ夢でも恋人を覗き見ることができれば正気に戻れるのではないかと思っていたのだ。狼がけーに思えて仕方がない狂気から。

事情を話そうかどうしようか伊月は迷う。阿波谷と再会して異界に渡る必要はなくなった。荒唐無稽もいい話だから、聞いたらこの人は伊月の頭がおかしいのではないかと思うかもしれない。でも、ここは魔法のある世界だった。それに話せば、一体どうして伊月たちがこんな目に遭ったのかわかるかもしれない。

心を決め、伊月は口を開く。

＋　＋　＋

ほたほたと雪が落ちてくる。綿毛のような牡丹雪《ぼたんゆき》が。

気がつくと、阿波谷はあたたかな湯の中に横たわっていた。頭だけが湯から出ており、クッションの上に乗っている。傍の大岩の上に頬杖を突いた伊月の顔が覗いていて、阿波谷が目覚めたのに気づくなりふにゃりと泣き笑いのような表情を浮かべた。

——？

どうしてこんなところで寝湯を使っているのか思い出せず、耳をぱたぱたさせた阿波谷の脳裏に、にやけた男の顔が浮かび上がる。それから血の赤と、寝台の上に押さえつけられた伊月の悲鳴が。

阿波谷はいきなり前肢を突っ張り上半身を持ち上げると、辺りを見回した。周囲に見えるのは温泉が湧いている浅い洞窟と雪の舞い散る夜空だけ、いるのは伊月のみで雲海《ユンハイ》と賢木《シエンムー》の姿はない。

「大丈夫？　ここはね、北の辺境にある聖地だよ。けーの怪我を癒やすのに最適なんだって」

聖地……？

温泉と聖地のイメージが結びつかなかったが、阿波谷は軀の力を抜き再び湯に浸かった。伊月は防寒具でもこもこに着膨れしている。湯に入ればあたたかいのにと思うけれど、聖地なのだから怪我もしてないのに入ってはいけないのかもしれない。

「雲海と戦ったのを覚えている？　けー、一週間も目覚めなかったんだ。雲海の魔法がお腹に当たって、……散りかけるところまでいってしまったんだって」

伊月の声が震える。心配を掛けてごめんと言う代わりに阿波谷は前肢を持ち上げ、伊月の手をたしたしと叩いた。

ぼんやりと覚えている。雲海の手が当たった途端、内臓をミキサーにかけられたような激痛に襲われたことを。

「普通の生き物だったら死んでいたところだって。普通の狼にしては綺麗だし何か変だなあって思っていたけど、けー、霊獣っていう特別な存在だったみたい」

れいじゅう……？　初回の授業で金剛《ジンガン》が話していた、血肉ではなく霊気でできた霊的な存在か？　伊月の乗る馬車を追い旅をしていた時、何も食べなくとも飢え死ぬことなく済んだのは、阿波谷がとっくに普通の生き物でさえなくなってしまっていたからだったのか。

「元気になったら淡雪《ダンシュエ》さまがけーに人の姿に戻れる方法を教えてくれるって。だから頑張ってくれなきゃ駄目だよ、けー」

伊月が身を乗り出し、阿波谷の頭にこつんと頭を押し当てる。

「明日も授業があるし、そろそろ帰るね。僕ね、ちゃんと魔法が使えるようになったんだ。けーとその、……シたせいで、魔力量が随分と増えたみたい」

伊月がほんのりと頬を赤らめ告白する。でも、どういうことか阿波谷にはわからない。目顔《めがお》で尋ねると、伊月は拗《す》ねた顔で教えてくれた。

「霊獣が物凄い量の魔力を持っているものだってこと、淡雪さまに教えてもらうまで知らなかった。演練場の壁を壊したのも魔法学舘の結界を越えられたのも、けーが力を振るったからなんだよね？　魔法が使えるってこと、教えてくれたらよかったのに」

わしわしと阿波谷の首の辺りの毛を梳《す》くと、伊月は名残惜《なごりお》しそうに立ち上がる。

「淡雪さまが言うには、意識が戻ってからも数日はここで静養していた方がいいみたい。また来るから、けーはおとなしく回復に専念しててね」

伊月が阿波谷から少し離れ、地面に置いてあった杖を拾い上げる。

「ね、見て。転移魔法！」

詠唱が始まると、伊月の足下に魔法陣が浮かび上がった。以前のように揺らいだり途中で消えてしまったりしない。徐々に光を強くし、伊月と一緒にふっと消える。

一人残された阿波谷はまたばしゃんと湯の中に倒れ込んだ。

何だかよくわからないが、伊月は無事だったらしい。それだけで阿波谷にとっては充分だ。

＋　＋　＋

それから伊月は授業が終わると毎晩洞窟へとやってきた。

伊月の訪れを待つ間、阿波谷はほとんど微睡んでいた。色んな夢を見ながら。

四日目、伊月は折れ耳の麗人――すっかり失念していたが入学式の日に見たこの恐ろしい男が淡雪《ダンシュエ》だった――を連れてきて阿波谷を診せ、もう大丈夫だというお墨つきをもらうと転移魔法で寮へと連れ帰った。

「あっ、使い魔だ！　帰ってきたんだ！」

「けがをしたときいたぞ？　もうだいじょうぶなのか？」

温泉から出たばかりでずぶ濡れだったからだろう。転移先は共同浴場の脱衣場で、ちょうど風呂に入ろうとしていた子供たちがわらわらと寄ってくる。

濡れているにも関わらず阿波谷を撫でようとした子は、触れるなり火傷をしたかのように手を引っ込めた。

「冷たいっ」

「ええ!?　どこから帰ってきたんだ？　毛に氷の結晶がついているぞ」

……？

阿波谷は首を傾げた。氷の結晶？　あったかい温泉から出たばかりなのに？

「冷えきってるから早くあたためてあげたいんだ。ほらほら、どいて。風邪引いちゃうよ」

阿波谷が歩きだすと、学生たちがさっと割れて道を開ける。風呂から出てきたばかりの子にうっかりぶつかると、ひゃあっと悲鳴を上げて飛び退かれた。流し場に入ると、伊月が浴槽の湯を汲み、何度も何度も掛けてくれる。

……？　あったかい……？

それは不思議な感覚だった。温泉とはまた違ったあたたかさが、じんわりと全身に染み渡る。躯があたたまるにつれ帰ってきたという実感が湧いてきて、阿波谷はほうと息を吐いた。

いつも通り泡だらけにされた後、食事を取りに行った食堂でも阿波谷は大歓迎された。嬉しかったが、子供たちから始まり料理の並んだ盆を運んできたおばちゃんにまで撫で回されて辟易した。

最後に戻った部屋に賢木《シエンムー》はいなかった。荷物もなくなっている。薄くなったにおいをふんふん嗅《か》いでいると、伊月が賢木が使っていた寝台の敷布を新しいのに替えた。使用済みのものは廊下に設置された大きな籠に入れておく。こうしておけば寮の使用人が洗濯してくれるのだ。

「けー、こっちのベッドに移る？　僕はあったかくていいけど、けーは大きいから僕と一緒じゃ狭苦しいでしょう？」

必要ないと言う代わりに、阿波谷はぴすぴす鼻を鳴らした。

「いいの？　一緒で。僕はその方が嬉しいけれど」

伊月が阿波谷の頬を挟み、うりうりする。

「けーがちゃんと元気になって、帰ってこられて……よかった」

ぎゅっと下唇に力が入り、眉尻が下がる。伊月が泣きそうになっているのに気づいた阿波谷は、紅潮した目元を舐めた。

朗らかに振る舞っていたのは空元気で、本当は不安でたまらなかったのだろう。

こんな姿になってしまった自分にまだそれだけの心を傾けてくれるなんて。特殊性癖のせいだとしても嬉しい。

キス代わりに鼻の先を押しつける。くすぐったかったのか、伊月は笑おうとするかのように唇を歪《ゆが》めると、かぶっていたフードを跳ね上げた。

ぴょこんと立ち上がった鹿耳の毛並みは天鵞絨《ビロード》のようになめらかだ。

続いて胸元の花釦が外される。足元に脱ぎ落とされたローブが波打ち広がるさまは黒い海のようだった。

伊月の仕草の一つ一つを綺麗だ、と阿波谷は思う。

「けー……」

伊月の指が制服の花釦を外し始める。魔法に掛けられたかのように阿波谷の目が、白いシャツの隙間から覗く膚色に吸い寄せられた。

「ね、しよ……？　けーがもうすっかり元気なんだって確かめたい……」

伊月の手に導かれるまま寝台に上り、腹を晒す。力を抜くと宙に浮いた四肢の先がくてんと折れた。

下半身に纏ったものを脱ぎ捨ててから伊月もベッドに上がってきて、膝で狼の軀を挟む。

頼りなくさえ見える指が狼の尖った歯列をなぞった。

「淡雪さまに聞いたんだけどね、魔力酔いっていうのがあるんだって。魔力の強い人とすると、体液に含まれた魔力によって、その、酔ったようになっちゃうみたい」

狼の耳がふるんと揺れる。

「僕はけーとするまで大した魔力がなかったから全然気持ちよくなんかないかもしれないけど……お願い、けー。他の人としたりしないでね」

…………？

何を言われたのか呑み込めず、阿波谷は伊月の顔を見返した。伊月は顔を真っ赤にして阿波谷を見つめていた。真剣に。縋るように。

セックスの相手の魔力が強ければ強いほど気持ちよくなれるということか？　いつ兄はそれで自分が他に目を向けるかもしれないと恐れている？

阿波谷は笑ってしまった。

阿波谷が他の存在を望むことなどあるわけない。何か乞《こ》うとすれば阿波谷の方なのに。おかしくておかしくてたまらないのに、胸が締めつけられるように痛む。

いつ兄が愛しくて、再び触れ合えるのが嬉しくて。

花釦で飾られたシャツを羽織っただけで下半身は裸の伊月が、阿波谷の上で己の肉筒を緩めようとし始める。すべてをさらけだし阿波谷に抱かれようとしている伊月は、どんな理性をも洗い流すほど健気だ。

だが、膝立ちしたまま中を慣らすのは難しかったらしい。伊月は上半身を倒し、阿波谷のふかふかの胸元に顔を埋めた。

「ん……」

目の前でぴるぴる動く鹿耳を思わず舐め上げる。すると反り返った腰の上で、短いしっぽが力んだ。

「や……っ。いたずら、しないで……」

そんなことを言われても、ぴくぴく動く生き物にちょっかいを出すのは狼の本能のようなものだ。舐めるだけでは飽きたらず甘噛みすると、伊月が顔を上げた。

「だめって……いってんの、に……っ」

小さく開かれた口の中で舌先が震えているのを見た阿波谷の下腹が熱を孕む。己の中を慣らしながら伊月は己の性器を阿波谷の肉棒に押し当ててきた。

「ん……っ、ん……」

伊月のあの淡い色の性器が獣のモノに擦りつけられているという事実に興奮する。よほど阿波谷が欲しいのか既に潤んでいた伊月の先端に幹をなぞり上げられ、阿波谷は己の中の感覚に意識を集中した。

熱い……？

蜜が擦りつけられた場所だけが化学反応でも起こしたかのように熱を帯びている。これが魔力の効果なのだろうか。

己の中から指を引き抜いた伊月が阿波谷のモノに手を添える。先端に幾分やわらかくなった蕾があてがわれた。

た。


「ん……」

切っ先に押し当てられた肉はもぎたての桃《もも》のように瑞々《みずみず》しい。

「は……っ、ん……っ」

大きく開かれた足の間、てらてらと光る太い屹立《きつりつ》が、伊月の中に沈んでゆく。鴇色の性器は阿波谷という獣に犯されてなお萎えることなくぴんと反り返り、先端からとろとろと蜜を溢れさせた。

長大なモノを根本まで呑み込むと、伊月は大きく膝を開いて後ろに手を突き、くわえ込んだ阿波谷の雄が感じるところに当たるよう、回すように腰を揺らし始める。

反り返った屹立の先からは止めどなく蜜が滴っていた。恥ずかしいらしく顔を赤くしながらも、淫らな律動を止められないらしい。もし自分に手があれば、あそこをああしてこうしてやるのにと股間のモノを膨らませていたら、伊月が片手を前へと伸ばした。阿波谷の目の前で自分のペニスを弄り始める。

「み、みないで……っ、けー、あ、あ、あ……」

ああそうか、いつもだったら伊月の中を突き上げながらあちこち愛撫してやっていたから、物足りないのだ。前にした時も我慢していたのかもしれない。自分でペニスを扱きたいのを。阿波谷が見ているから。

……可愛い。

反らされた胸の先では弄って欲しいとばかりに小さな粒が凝っているし、何より眉根を寄せた伊月の悩ましげな表情が、快楽を求めてもどかしげに踊る腰が劣情を刺激する。

つんと尖った胸を指の腹で転がす心地よさが脳裏に蘇った。それから感じ入った伊月にきゅっと締めつけられた時の感覚も。

霊獣は人の姿になれると伊月は言った。淡雪に習うことになっているらしいが、じりじりする。今すぐ人の姿に戻りたい。

「んっ、んっ、ふっ、けー……っ、けー、きもち、い……っ。けー、は……？　けーは、きもち、いい……？　こんなんじゃ、たりないかな……」

伊月の薄い腹に腹筋の形が浮かび上がる。きゅううとペニスを締めつけられ、阿波谷は低く呻いた。危うくイきそうになる。いや、危うく、ではなく少し出てしまったらしい、伊月が腰砕けになった。

「ああ……っ、なか、あつい。とけちゃう……っ、とけちゃ、」

下肢が痙攣する。青臭いにおいが広がって伊月が達したのがわかった。

阿波谷の精液を中に注がれ、酔ってしまったのだ。

阿波谷はゆっくりと軀を捻って余韻に震えている伊月を自分の上から落とし、猛ったままの雄を引き抜いた。それから枕をくわえてきて伊月の腹の下に突っ込む。準備が整うと阿波谷は伊月の背に自分の軀を重ねた。やわらかくほころんだ蕾に、改めて己を押し入れながら。

「——ああ……っ」

伊月を包み込むように軀を密着させる。腰を動かし始めると、ひどく感じやすくなっている伊月は胎の奥を穿たれる快楽に頭を仰け反らせた。鹿耳としっぽがぴるぴると震える。

「あ、なか、すごい……。けー……」

上半身を持ち上げると、小さな蕾に凶悪なまでに猛々しい己が埋まっているのが見えた。感じるとさっき知った短い毛に覆われた耳を甘嚙みすれば、伊月は早くも啜り泣き始める。

「や……っ。やだ……いっちゃう……また、いっちゃう……っ」

わざとくんっと腰をしゃくり上げると、追いつめられた小動物のような悲鳴が上がった。

「ひ……っん……」

また伊月の中がきゅうっと収縮する。

……本当にイった。

はあはあと喘ぐ伊月の顔は気持ちよさそうに蕩けていて、阿波谷は甘い熱にそそのかされるまま、ゆるゆると腰を動かし続ける。

「ああ……いい……っ。けー、いい、よう……っ。あ、あ、あ、ああ……っ」

可愛い。愛しい。いつまでも伊月の中にいたいし、自分の与える快楽に酔っていて欲しい。

感情の昂《たか》ぶりと共にせり上がってきた熱情を、阿波谷は伊月の中に放つ。霊獣の膨大な魔力を胎にたっぷりと注ぎ込まれ、伊月は全身をわななかせた。しっぽも耳も切なげにぴるぴると震えている。

「けー……好き……」

死ななくてよかったと阿波谷はまざまざと思う。散ってしまったらこのあたたかい軀を抱き締めることなど二度とできなかったのだ。そう思ったらもう、歯止めなど利かなかった。

とろとろになってしまった軀を飽かず愛し、魔力を注ぎ込む。途中からほとんどイきっぱなしになってしまい強すぎる悦楽に泣きじゃくりながらも、伊月は阿波谷を貪欲に求め続け、最後には意識を飛ばした。

離したくない。

そう、阿波谷は思ったが、さすがに意識のない伊月を犯すことはできない。未練がましくのろのろと伊月の中から雄を抜き出すと蕾から大量の精液が溢れ出し、阿波谷はがっくりと頭を垂れた。

やりすぎだ。

後始末をしてやりたいが、狼の姿ではできない。毛布だけ掛けてやり、寝台の周りをうろうろしていると、そう待たず、伊月の睫毛が震えた。

狼は前肢を寝台に掛けると上半身を伏せ、上目遣いに伊月の顔色を窺う。激しい行為の余韻にまだ酔っているのか、ぼんやりとした表情の伊月は数度瞬くと、気怠げに身を起こした。

「けー?」

途中で顔が顰《しか》められ、上半身が前へと倒れる。慌てて鼻先を擦り寄せると、伊月はぞんざいに頭を撫でてくれた。

「大丈夫。ちょっとくたびれちゃっただけだよ。そんなにぴすぴす言わなくてもいい。僕もいっぱいしたかったんだし……凄く、よかったし……」

もう落ち着いたはずの伊月の目元がふわっと上気し、阿波谷はどぎまぎする。リップサービスなのだろうが嬉しくてしっぽが揺れた。

「ほら、ここへ来て。ぎゅっとさせて？」

横になった伊月が隣の空いたスペースを軽く叩く。阿波谷は寝台に飛び乗ると、魅惑のもふもふボディを好きにしてくださいとばかりに横たえた。えいっと阿波谷にのし掛かった伊月の指先が毛並みを掻き回す。

「んー、癒やされる……」

喉を酷使したせいで、いつもやわらかな声が色っぽく掠れている。

「ねえ、知ってる？　淡雪さまと炎《イエン》さまが夫婦なの。この世界では、男同士でも結婚できるんだって」

入学式の日、屋根の上で聞いていたから知っている。

「ねえ、けー。僕と結婚して？」

狼は大急ぎで、伊月の口を肉球で塞《ふさ》いだ。伊月が阿波谷の前肢を押し退ける。

「駄目？　厭？」

狼はふるふると首を振り、寝台の上に座った。伊月の前の敷布をぽんと叩いてから自分の前を叩き、前肢でバッテンを作る。それから自分の前を叩いてから伊月の前を叩き、キスの代わりに鼻先を伊月の唇の端に押しつけた。

寝転がったままの伊月の眉間に皺が寄る。

「んー？」

よくわからなかったらしいので、狼は一旦寝台から飛び降りた。卓上に飾ってあった花瓶から花を一本くわえて戻ると、先刻と同じジェスチャーを繰り返し、最後にキスの代わりに花を伊月の前に置く。

「んんー。まさかとは思うけど、僕からじゃなくて、けーからプロポーズしたかったとか？」

阿波谷が勢い込んで頷くと、伊月が笑いだした。

「ふ……く、くく……っ。先にプロポーズするな、なんて……っ、あはっ、あははは……っ！」

お座りして伊月を見下ろす狼のしっぽがぱったぱったと揺れ始める。

大声で笑い転げる伊月なんて、この世界に来てから初めて見た。すんなりと適応したように見えていたが、伊月も気を張りつめ何とか異世界での日々を渡っていたのかもしれない。

伊月が狼を抱き締める。

「じゃあねっ、人に戻ったら、して？　プロポーズ。家族になるんだ。子供も作って、幸せな家庭を築こう？」

……子供？

首を傾げた狼に、伊月が悪戯っぽい笑みを向ける。

「霊獣ってね、卵を作ることができるんだって。けー、霊獣でしょう？　だからね、お願い。僕のために卵を産んで？」

毛がぶわっと逆立つ。

卵を産む？　俺が、パパならともかくママになるのか⁉

＋　＋　＋

その日の真夜中、ふっと目を覚ました伊月はしばらくの間、軀を硬くして天井を見上げていた。人と獣が争う物音を聞いたような気がした。

もう伊月は魔法学館にいる。賢木《シエンムー》と旅をしているわけではない。だからきっとこれは夢だ。現実でなどあるわけがないのに。

「けー」

常に軀のどこかに触れているはずのもふもふがない。片手を伸ばしてみるが、隣には誰も寝ていなかった。にわかに不安になった伊月は起き上がり、闇を透かし見る。

「けー？」

いつかのように窓辺にいるかと思ったのにいない。寝台から下りてトイレを覗いてもいない。

廊下へ繋がる扉を押してみると、音もなく開いた。

阿波谷は狼だが、後ろ肢で立って掛け金を外して扉を開けることができる。

こんな時間にどこに行ったのだろう。

覗いてみた廊下は真っ暗だった。背筋がぞくぞくしたが、阿波谷を見つけないことには眠れそうにない。探しに行こうと踏み出した瞬間、ふくらはぎにひたりと冷たいものが当たり、伊月は悲鳴を上げそうになった。

振り返ると、さっきまでどこにもいなかった阿波谷がいた。

「けー……」

伊月を見上げ、しっぽを振っている。ずっとここにいたかのように。

狐《きつね》に摘まれたような気分で狼を撫で、伊月ははっとした。いつもはあたたかいのに、ひんやりしていた。まるで、今まで外気で冷やされていたかのように。

＋　＋　＋

翌日はもう週末の休みだったが、伊月は早くに起き出して身支度を整えると、阿波谷を伴い寮を出た。阿波谷が勝手に事務棟と呼んでいる建物へと向かう。入学試験を受けた天井の高い広い部屋で待っていたのは賢木《シエンムー》だった。狼頭の賢者に、金剛《ジンガン》もいる。

「おはようございます」

伊月が礼儀正しく挨拶すると、狼頭が歯を剥き出し、笑みらしい表情を作った。

「おはよう。元気になったようだな、使い魔。おまえ、入学式の日、屋根の上から覗いていただろう」

阿波谷はぎくりとした。

「別に咎《とが》めだてする気はない。おまえが霊獣だってことは気配だけでわかったしな。まあ時間がある時に取っ捕まえて、こそこそと何をやっているか問いただしておかねばと思っていたんだ。あれは伊月《イーユエ》を守るためだったたんだな」

狼は頷く。

ぽつりぽつりと言葉を交わしていると、部屋の外からかっかっと長靴の音が近づいてきた。形ばかりのノックの音が響いたのとほぼ同時に扉が開き、鹿耳をぴんと立てた青年が入ってくる。

「失敬。刻限に遅れたかな？」

「いいや、時間通りだ」

「ええと、……兄上？」

賢者が悠然と頷き、伊月が自信なさそうに呟く。

騎士のような服の上に魔法使いのローブを纏った青年は、部屋の中を見渡すと、賢木の上で視線を止めた。

「久しぶりだね、賢木」

「朧月《ロンユエ》さま……！」

賢木はこの事態を予期していなかったらしい。愕然としている。

阿波谷は心の中であっと叫んだ。朧月という伊月の兄を見つめる眼差しが熱い。賢木は朧月に恋している。

ちらりと横を見ると、伊月も同じ結論に至ったのだろう、唖然としていた。

朧月がローブの裾を捌き、優美に挨拶する。

「我が師よ、ご無沙汰しております。そして炎殿《イエン》。弟が世話になりました」

「おう」

「えっ」

朧月が師と呼んだのは金剛だった。金剛は他の魔法使いたちと違って伊月にいやらしい目を向けたりしなかった。むしろ守ってくれているように感じていたのにこの豪放磊落《ごうほうらいらく》な男も弟子を取り、指導者であるのをいいことにその肉体をほしいままにしてきたのだろうか。

伊月もショックを受けているようだ。賢木に至っては絞め殺したいと言わんばかりの目つきで金剛を睨んでいる。

更に狼頭の賢者が恐ろしいことを言いだした。

「何だ。朧月は俺の弟弟子だったのか」

——ということは、炎も金剛の弟子だった？　金剛は、この狼頭の大男も抱いたのか⁉

総毛立った一同に朧月がふっと微笑む。

「弟子に食指を動かさない魔法使いなど、あの頃はこの方くらいしかいませんでしたからね」

「えっ」

声を漏らした賢木へと、朧月が歩み寄った。

「魔物から西を守るのが我らの務め。でも、私はたかが魔力のために男娼のような真似をするほど恥知らずではない。そもそもそんなことをしなければならないほど弱くもないしね」

笑顔なのに圧が凄い。朧月に見下ろされ、賢木は真っ赤になって俯いた。どうやら恋しい男が他の学生たち同様に魔法使いの毒牙にかかったと思い込んでいたこの男の頭の中は、誤解に気がついた現在大変なことになっているようだ。

「さて、賢木。父上は信頼しておまえに託したのに、弟に随分と下劣な真似を仕掛けたと聞いた。申し開くことはあるか？」

「わ、私は……っ、標領の守りを盤石にするため、一日も早く伊月さまを一人前の魔法使いにしようと……っ」

「つまり、私の負担を軽くしようと思ってくれたのかい？　私が護衛もろくにつけさせなかった弟なら辱めたところでかまわないだろうと思って？」

なるほどと阿波谷は思う。賢木は多分、自分の好きな人は軀を他人に好きなようにさせてまで魔物との戦いに身を捧げているというのに、魔力がないのをいいことにのうのうと生きているように見える弟が気に入らなくて仕方がなかったのだろう。だから伊月にきつく当たってきたのだ。無理矢理雲海《ユンハイ》と関係を結ばせようとしたのも強い魔法使いが増えればそれだけ朧月が傷つく可能性が下がるからだ。

健気だと言えなくもないかもしれない。でも。

「従者の身で心得違いもいいところだ。おまえにはお仕置きが必要だね」

賢木の背中がぶるっと震えた。

「賢者さまと我が師には、月氏がこのような不心得者を魔法学舘に送り込んでしまったことについて深くお詫び申し上げる。これは今日を以《もっ》て西へ連れ帰る。そちらで直々に罰しようと思っていたかもしれないが、私が責任を持って躾け直すのでそれでご容赦願いたい」

「……ほどほどにな」

なぜだろう。金剛も賢者も朧月を直視しようとしない。額には汗まで浮いているようだ。

「それから、伊月」

「はい」

伊月が反射的に背筋を伸ばした。

「おまえの世話をする者だが、改めて選定して送り出す。それまで自分で何とかできるね？」

「えっ……、あの、代わりなんて必要ありません。自分のことは自分でできます。だから……」

「駄目だよ。おまえにはまだまだ知るべきことが山ほどある。――おまえにはもっと月氏の三男らしくなってもらわないと」

伊月に続いて阿波谷も全身を緊張させる。この男は伊月が自分の弟ではないと知っているのだろうか。

「おまえの事情については炎殿から報告を受けた。私としてはおまえがこれからも立場に相応しい振る舞いをするなら、事を荒立てる必要はないと思っている。魔力なしだった弟が他より巧みに魔法を操れるようになり、霊獣という戦力まで連れて西に戻ってきてくれるなら嬉しい限りだからね。私たちは常に魔物に抗する力を必要としているんだよ」

伊月の薄桃色の唇が物言いたげに震える。

「それだけ、ですか？　弟さんが消えてしまったというのにあなたは――」

朧月が優美に頭を傾けた。長い前髪がさらりと流れる。

「君に高度な魔法が使えるのなら、弟には魔力があったんだろう？　月氏の子と認められたいならあの子はどんな手を使ってでも己の能力を引き出すべきだった。君のようにね」

「魔力が発現してもあなたたちは僕を顧《かえり》みなかったのに？」

「魔力のために男に足を開くなんて私には考えられないし、元々皆無に近い魔力量しか持たない者が大魔法を使えるほどに成長することはないからね。私たちは西を担っている。与えられた役目はこの上ないほど過酷なのに、足下をすくい私たちに代わろうとする馬鹿は枚挙に暇《いとま》がない。できないと泣く子をあやす余裕など私たちにはないんだ。それに甘やかされて育った子が生き延びられるほど、私たちの置かれた立場は甘くない」

にこりと朧月が微笑む。その笑みは美しいが極めて剣呑《けんのん》だ。この男がこうも冷酷なのは貴族だからだろうか。それとも標領の守り手だからだろうか。

阿波谷にわかったのはただ一つ。どうやら自分の恋人の肉体にはかつて別の魂が入っていたらしいことだけだ。この世界で生まれ育った伊月そっくりの少年の魂が。そしてそれはもうこの世界には存在しない。

＋　＋　＋

鳥たちが生の賛歌を歌っている。

森の中のこぢんまりとした別荘の前庭で、狼が木漏れ陽を浴び微睡んでいた。側に座る淡雪《ダンシュエ》が香炉に小さな枝のようなものを焼《く》べている。広がった不思議な香りの煙に、狼の鼻がひくついた。

「目を瞑って想像して。ここはあなたのいた世界。狼になったのは夢で本当の自分はこれまでと同じ、人の姿をしていると」

歌うような抑揚が、阿波谷を夢とうつつの狭間へと誘導する。

本当の、俺。

ごつごつした手が好きだと、いつ兄は言った。筋張った軀はみるみるうちに百八十センチを軽く超え、部屋着代わりのスウェットはつんつるてんだ。毎日髭をあたらなければならないのが面倒でならなかったが、いつ兄が面白がって触る時だけは髭が濃い方でよかったと思った。

……いつ兄はよく前髪を持ち上げて俺の顔を見た。何がそんなに面白いのかと、洗顔時クリップで前髪を上げてからまじまじと眺めた俺の顔は――。

ぱちんと手を叩く音にびっくりして目を開けると、なぜか横を向いた淡雪が笑みを浮かべ小さな籠を差し出してきた。

「成功、おめでとう」

成功？

すっかり寝ぼけてしまった阿波谷は手の甲で目元を擦り、そこに毛が生えていないことにはっとした。目の前に翳してみた両手は狼の前肢ではない。ちゃんとした人の手だ。

——変身、できた。元の姿だ。

淡雪が阿波谷に背を向ける。

「籠の中身を使ってください」

「？　……あ」

頭を掻きつつ胡坐を掻こうとして、阿波谷は全裸なのに気づいた。考えてみれば、狼は服を着ていない。こうなるとわかっていたのだろう。淡雪が差し出してくれた籠の中身は衣類だった。

「その……ごめん、なさい」

「気にしないでください。僕も姿形を変えた時は裸になってしまって、随分と恥ずかしい思いをしたものです」

「淡雪さんも？　兎に？」

「いいえ。僕は幼な子です」

急いで服を身につけようとして、尻に残ったしっぽに呆然とする。試しに服の尻の部分を探ってみるとスリットが入っていた。しっぽを下着とズボンから引っ張り出してから頭を探ってみると、狼耳も残っているようだ。

「着替え、ました。ありがとうございました」

「僕も『けー』に会ってみたかったから、いいんです」

けー。

違和感に阿波谷は数度瞬いた。

「あの、すみません」

「はい？」

「けーじゃなく、阿波谷と呼んでください。けーと呼ぶのはいつ兄だけだったから、その」

淡雪の花のような顔《かんばせ》に笑みが浮かぶ。

「これは失礼しました。『けー』というのは、伊月《イーユエ》さんだけの特別な呼び方だったんですね」

かあっと顔が熱くなる。

「う……ああ……」

淡雪が香炉の火を消し、空になった籠に片づけ始めた。

「これからのことなんですけれど、アワヤさん、僕たちの城に来ませんか？」

淡雪たちが翠領に城を持っているということは阿波谷も知っていた。しかし、意図がわからない。

「なぜ」

「学生と従者、教師以外の者が魔法学舘に滞在することはできないんです」

姿が変わっただけで阿波谷が阿波谷であることに変わりないのに、魔法学舘から追い出す気だろうか。

「だけど、今まで、ずっと」

「使い魔は魔法使いの所有物扱いでしたから。でも、人の姿をしている者を使い魔扱いはできません」

阿波谷は少し考え、即決する。自分が人の姿になったことによって魔法学舘にいる資格を失うというのなら、なかったことにすればいい。

「なら、狼に戻る」

「ようやく本来の姿に戻れるようになったのに？　これからも学生たちに撫で回されることになるんですよ？」

子供たちに追い回されることを思うと確かにげんなりするものはあったが、阿波谷にとって優先すべきものは唯一つだ。

「いつ兄の傍にいられるなら、いい」

淡雪が眉尻を下げ表情をやわらげる。

「アワヤさんは、伊月さんが本当に好きなんですね」

好き？

返事をするのが一瞬遅れた。

「……ああ」

迷ったわけではない。もちろん伊月のことは好きだ。伊月のためなら何でもする覚悟もある。

でも、本当に自分のような者が伊月の隣にいていいのだろうか。

阿波谷は目を伏せる
ぱちんと。

熱された生木が弾ける幻聴が耳の中で生じた。口の中いっぱいに鉄錆《てつさび》めいたにおいと味が溢れ、視界が赤く染まる。

「アワヤさん？」

淡雪が小さく首を傾げた。

「いつ兄が傷つけられたら、俺はまともではいられない」

阿波谷は怪物を殺した。雲海も殺すつもりだった。

そんな己をおぞましいと思う。だが、同じようなことが起こったら、阿波谷はもっと躊躇なく同じ判断を下すだろう。伊月が大事だからだ。

——どんな夢を見るようになってもかまわない。

「では、週末だけでも転移魔法で城に通いませんか？　心配なんです。癒えたように見えますが、アワヤさんの魂は随分と磨耗《まもう》しています。魔法学館で使い魔として認められるまで、一体どういう生活をしていたんですか？」

阿波谷の表情が僅かに歪んだ。

「生活なんか、ない。いつ兄を追って、悪い連中を追い払っていただけ」

あの時の阿波谷はただの狼だった。

「食事はどうしていたんですか？」

「食べなくても動けた」

「寝る場所は？」

「俺は狼。どこででも寝れる」

淡雪の目に阿波谷はどれだけ痛々しく映ったのだろう。

「このこと、伊月さんは」

「いつ兄には言うな」

伊月が知る必要はない。

賢木に切りつけられた阿波谷が、飢えと孤独におかしくなりそうなほど苦しんだことも。

怪物と戦い屠ってのけたことも。

元の世界ではなかった闇が心の中に巣くっていることも。

阿波谷はかつてと同じ、図体ばかり大きくてちょっと頼りない年下の恋人でいい。もっとも今の伊月は阿波谷より年下のようだが。

「あなたは……」

「いつ兄に言ったり引き離そうとしたりしたら、恩人でも嚙みつく」

伊月には笑っていて欲しいのだ。そのためなら何だってする。

「――わかりました。内緒で対処しましょう。城に通ってください」

「いつ兄だけを寮に置いておけない」

「伊月《イーユエ》さんの貞操を気にしているなら、僕の旦那さまが――」

雲海のような輩を警戒していると思っているのだろう。淡雪が魔法学舘に新たに導入された魔道具について説明しようとするのを阿波谷は遮った。

「刺客が魔法学舘内まで入り込んでいる」

「えっ」

「いつ兄が落ち零れどころではない力を持っていると判明してからだ。朧月《ロンユエ》は月氏に代わろうとする馬鹿は枚挙に暇がないと言っていた」

甘いことを考えていれば命の危険があるほど貴族社会は恐ろしいものだとも。

伊月はこの世界では月氏の三男だ。伊月が力を発揮し月氏が力をつけるのは、そういう輩にとって面白くないことなのだろう。

やわらかかった淡雪の表情が引き締まる。

「一緒でかまいません。霊獣にしか使えない術の鍛錬のためだと説明すれば大丈夫でしょう」

「霊獣にしか使えない術？」

「卵を編むんですよね？」

うぐ、と阿波谷が小さく呻いた。今日人の姿に戻れたばかりでまだ伊月にやると返事をしたわけでもないのに、なぜ淡雪はそのことを知っているのだろう。

伊月ではなく阿波谷が卵を産む側だということに、淡雪は何ら違和感を覚えていないようだ。

「霊獣でも卵を編むなんてことをしてきたのは僕の一族だけなんです。理論上は可能なはずですが、成功するかどうかはアワヤさんの頑張り次第です。頑張ってくださいね」

どうやら男性で子供――卵を作れる存在というのはこの世界でも極めて希少な存在らしい。たまたま自分がそれだったのは幸運だったのだろう。

家族になろうと伊月は言った。

伊月は向こうの世界では随分と人目を気にしていたようだった。

阿波谷はこの世界が好きではない。蛍のような綿毛は綺麗だったし魔法にも胸躍るものを感じるが、それ以上に乗り越えなければならなかった恐ろしい経験の方が印象に残っている。

だが、同性との関係が珍しいものではなく炎《イエン》と淡雪というカップルまでいるこの世界を、伊月が自由に呼吸ができるように感じているのならば。

後込《しりご》みばかりしていた伊月が阿波谷との関係を前向きに考えるようになってくれたのがこの世界のおかげならば。

この世界に来たことは僥倖《ぎようこう》だったのだと、いつか阿波谷にも思えるようになるのかもしれない。

＋　＋　＋

「無事に人型を取れたようだな」

別荘の中、窓の外をちらりと見た賢者『炎《イエン》』は再び手にしていた書類に視線を落とした。その隣の窓に張りつくようにして阿波谷と淡雪《ダンシュエ》のやりとりを眺めていた伊月が、緊張を解く。

「よかった。僕は狼のままでも全然平気だったけど、けーは結構気にしていたみたいだから」

平気、というのが引っかかったのか、炎の狼耳がぴくりと揺れる。確かに普通なら、恋人が狼では困ったことだろう。昼はともかく、夜は。

阿波谷も伊月が求めるたびに躊躇いを見せた。伊月は中身が可愛い年下の幼馴染みであれば、見た目がどんな怪物でもかまわないくらいなのに。

獣と交わる嫌悪はなかった。中に出されるたびに飢え乾いていた心が潤ってゆく気さえした。

それに伊月はちょっぴり不満だったのだ。阿波谷が優しすぎることが。

――僕のことばっかり気遣って、けーは全然楽しめてなくない？

でも、獣になった恋人は雄の本能そのものに荒々しく求めてくれる。この世界に来なければ恋人があれほど欲をぶつけてくれるまで、一体どれだけかかったことだろう。

「魔法学舘の入試試験が行われる三週間前、街道沿いの森が燃え、北でさえ滅多にお目にかかれないほど強力な魔物の死体が見つかった。ちょうど縹領を出発したおまえたちが通り過ぎた頃合いだ。魔物の喉には大きな狼の咬み痕が残っていた」

ずっとあの子のことが好きだった。けーがまだ高校に入って、身長を超された頃からだ。五才も年下の子供にこんな感情を抱くなんて間違っているとわかっていたけれど、伊月はすっかり厳つく育った幼馴染みの無骨な手を見るたびに触れて欲しくてたまらなくなってしまったし、『いつ兄』と幼い頃から変わらない言い方で呼ばれるたび、ぞくぞくした。

道ならぬ恋に引きずり込むつもりなどなかったのに、あの子は伊月の葛藤《かっとう》など軽々と飛び越えた。求められて嬉しかったけれど、怖かったのも確かだった。自分にはきっとこの幼馴染みを幸せにはできない。

「おまえの使い魔が柔和で従順なことはもう知れ渡っている。強いのに御しやすい霊獣を欲しがる者は多いぞ」

でも、ここは異世界で。自分たちの関係に眉を顰める人なんて誰もいなくて。伊月は罪悪感を覚えることなくけーに恋することができる。

「心しておきます」

――けーもう、僕を壊れ物みたいに扱う必要はないってわかってくれただろうし。

思い出すと、赤面してしまうくらい、恥ずかしいけれど。

狼頭の賢者が書類を置く。

「刺客のことには気づいていたのか？」

伊月は真夜中に耳にした不穏な物音を思い起こす。

「何となくそうじゃないかなとは思っていました。問いただしたかったけど僕たちには会話ができなかったから。僕も早くあの子に守ってもらわなくとも済むくらい強くならないといけませんね」

傷の残る狼耳がふるんと揺れた。

「それ、あいつの前では言うなよ？」

「どうして？」

「雄は頼って欲しい生き物だからだ」

伊月は目を見開いた。まじまじと炎を眺める。

「賢者さま……可愛いこと、言いますね？」

「それも言うなよ」

炎が顔を顰めたのと同時に、ノックの音が聞こえた。返事を待たず扉が開き、淡雪が入ってくる。

「お待たせしました」

「いつ、兄」

伊月の瞳は淡雪に続き長身を縮めるようにして入ってきた恋人に釘付《くぎづ》けになった。

「……久しぶり。何だか前より大きくなってない？」

年下の幼馴染みは元々伊月より随分と大きかったが、記憶より目線が上な気がする。鬱陶《うっとう》しい前髪の下で目がおかしそうに細められた。

「いつ兄の方が小さくなったんだ」

歩み寄ってきた阿波谷に軀を持ち上げられ、伊月は思わずしっぽを縮める。

そういえば自分は肉体的には若返ってしまったのだった。ほんの少しだけれど。

「わ、こら！」

「軽い」

「だからって抱き上げる⁉」

じたばたと暴れると、阿波谷は伊月を下ろすどころか相好《そうごう》を崩した。

「可愛い」

腹にぐいぐい顔を押しつけられ、伊月は溜息をつく。

「けー。今のけーは僕より大分年上らしいんだけど」

体格こそ立派だが、ちょっと振る舞いが子供っぽすぎるのではないだろうか。

指摘してやっても阿波谷は悪びれない。

「いつ兄は、いつ兄だ」

炎が笑った。

「人の姿になってもわんこなのは変わらんようだな」

久しぶりに見た年下の幼馴染みは、かつてと同じく伊月の理想通りの軀つきをしていた。筋張った腕は男らしく硬いが、伊月を見る時の眼差しは無邪気だ。おまけに甘い。伊月のことが大好きで、伊月のためなら何でも簡単に捨て去ってしまう。

――でももう何も捨てさせない。

魔法の腕はまだまだだが、伊月には年相応の社会経験と対人スキルがある。それを生かして慓候や他の貴族たち、そして賢者・炎と渡り合い、この世界で確固たる地位を築いてみせよう。

今度は僕がけーを守る。

阿波谷の頭を抱くと、伊月は厳粛な面もちで狼耳の間にキスした。

＋　＋　＋

それから一週間ほど経った夜、今度は長い髪を三つ編みにした男が伊月を訪ねて寮にやってきた。

「やあやあ、君が伊月《イーユエ》の愛しい愛しい『けー』か！　白銀の狼とは麗しいな！」

黒衣を着ているから魔法使いなのだろうが、陽気で人懐こい。無遠慮に撫でようとする手をかわすと、阿波谷は伊月の後ろに隠れた。

うー。

喉から勝手に唸り声が漏れてくる。伊月と共にいるため、阿波谷は白銀の狼の姿を取っている。唸られると結構怖いはずだが月輪は平然としていた。

「みだりに僕のけーに触らないで。——けー。紹介するね。この人は月輪《ユエルン》さま。夢占いの権威で、僕たちがこの世界に来た元凶だよ」

「？」

「あっは、きつい紹介だなあ」

阿波谷はふるんと耳を揺らした。

元凶の意味を知りたい。

「うわ、ちょ、圧が凄い。魔力が垂れ流しになってますよー！　病み上がりがそういうことしちゃ軀によくないんじゃないかなあっ」

指先までぴんと伸ばした両手を顔の前で構え、月輪が仰け反る。この男、リアクションがうるさい。魔力を抑えると、月輪は勝手に賢木《シェンムー》のものだったベッドに腰掛けた。

「まず、夢は異界への扉と昔から言われてるんだよね。日常に則した夢はともかく、夢に出てきた見知らぬ風景は眠っている間に軀から抜け出て異界へとさまよい出た魂が見た風景というわけだ。でも、アワヤが療養中に伊月と話して、僕は新たな仮説を立てた。さて、アワヤは気づいたことがあるかな？　君たちの世界とこの世界に同じ人物が存在しているってことに」

狼が伊月の顔を見上げる。この男が来るとわかっていたからか、伊月はいまだ制服姿だった。

「金剛《ジンガン》先生、僕の中学の時の社会科教師にそっくりだった。最初、先生も向こうの世界からきたのかと思ったけど、似ているのは姿形だけで内面はまるで違ってたよ。――それで逆にけーのことに確信を持てたわけだけど」

よく狼の中身が恋人だと疑えたと思ったが、伊月は既に金剛で学んでいたのだ。中身が違えば案外はっきりわかるということを。

狼は溜息をつくと、寝台の陰に置かれていた籠をくわえた。部屋を横切り後ろ肢で立ってトイレの扉を開ける。中に入り亜人へと姿を変えると、返事ができるようになった。

「稀《まれ》に知り合いを見た」

ぱたぱたと耳の具合を確かめると、あらかじめ籠の中に用意していた下着に脚を通し、スリットにしっぽを通す。阿波谷の返事を聞いて月輪のテンションはいや増したようだ。

「ということはだ。いるんだよ。人には対となる存在が、異世界に。伊月に至っては名前まで同じだったそうじゃないか。眠りの中で私たちは魂を飛ばすのではなく、彼らの目を通してものを見ていたんだ！」

伊月の躯はこの世界の伊月のものだったということだろうか。

「じゃあ、この世界の俺は霊獣だった？」

「ありえなくはないだろう？　伊月だって人間から亜人になっている。それに君たちの世界の言葉はここことは違ったと聞いた。それなのに学びもせず理解できているんだろう？　肉体に刻み込まれた知識のおかげだ！」

着替えが終わり扉を押し開けると、伊月の頭の上でぴこんと鹿耳が揺れるのが見えた。

「狼になった夢なんか見たことないけど」

「じゃあ君の魂は肉体という殻に引き籠もっていたか、更に別の世界の君の元に行っていたんだよ」

信じがたいことを軽い調子で言われ、伊月の隣に戻ってきた阿波谷は眉を顰める。

「……間違いないのか？」

「確かめるためには検証が必要なわけなんだけど、炎《イエン》殿に被害者が増えるからあの魔法実験の再現は禁じると言われてしまってね」

「魔法実験」

森に抱かれた廃墟が阿波谷の脳裏に浮かぶ。

「でも、どうやら伊月がその肉体で目覚めたのは、僕が魔法実験に失敗したのと同時みたいなんだよね」

阿波谷の表情が険しくなった。

「どういう実験？」

「実体を持ったまま異界に渡れたら面白いなって思ってさ。大変だったんだよ。魔水晶に大量の魔力を溜めて、僕が考案した魔法陣に注ぎ込んで――」

「その実験が失敗したせいで俺たちはこうなった？」

月輪が派手な黒衣に包まれた肩を竦めた。

「帰る方法は」

胸ほどの高さにある伊月の顔が弾かれたように上げられる。

「それは無理だと思う。僕たちの肉体はトラックに跳ねられて駄目になっちゃったし」

阿波谷は卓の前の椅子を引いた。

「やっぱり死んだんだ。俺たち」

思ったより衝撃は小さかった。

すべてが遥《はる》か昔の出来事のように遠く感じられる。誤解を解かなければと伊月のことを追いかけた。あの時の自分には石野と賀瀬以上に腹立たしい存在はなかったし、大学のレポートや試験、迫りつつある就職活動以上の困難などなかった。そういえばまだあの時の誤解を解いていない。

自分たちの運命を変えたというのに、月輪は己の実験が引き起こした結果に顔を紅潮させている。

「考えてみれば死の瞬間の魂は眠っている時以上に解き放たれた状態にある。実験の失敗によって異界との境界に大量に流し込まれた魔力が、たまたま同時に死にゆこうとしていた君たちの魂を入れ替えてしまったんじゃないかな」

「この肉体の元々の持ち主は」

伊月が阿波谷の肩に手を回した。指先が鬱陶しく伸びた髪を弄ぶ。

「高熱で倒れたってことになってるけど、目覚めた時の僕は血塗れで、手首には大きな傷痕があったんだ。みるみるうちに消えてしまったけれど」

伊月が示した手首には薄い染みのようなものが残っていた。

「貴族の子息が万一に備えて蘇生の魔道具を持たされているのは珍しいことじゃない。宝飾品を模すことが多いから、前の君はそれがそういうものだと知らなかったのかもしれないね」

殺されたのか、自ら命を絶ったのか。どっちにしろ救いがない話だ。もし彼の魂が自分たちの世界の伊月の肉体の元へと行っていたとしても、向こうの肉体には蘇生の見込みなどなかった。彼の魂は散ってしまったことだろう。

「この狼も同時に死んだ？」

月輪の指が三つ編みを飾る花を弄る。

「霊獣は物質的な存在じゃない。完全に散る前なら天地に満ちる気を集め再び凝縮することができる。――まだ生きたいなら、だけど」

もういいと夢の中で思ったことがあった。あの自分は終わりのない生に倦んでいた。

「だが、タイミングが合わない。いつ兄の目覚めは俺より三ヶ月も早い」

「霊気の修復にそれだけかかったということだろう。眠れる霊獣は恋人の危機を察知し、満を持して目覚めたんだ！　ロマンティックだねえ！」

満面の笑みで両手を広げた月輪に伊月もさすがに顔を顰める。

「誰のせいだと思っているんですか」

確かにすべてはこの男のせいだが、この世界に来なければ自分たちはトラックに轢かれて死んでいた。

酷い話ではあったが、ずっと胸に澱んでいた疑問が晴れて、気分はすっきりしている。結局、阿波谷が考えなければならないのは『いつ兄とどうやって生きてゆくか』。元の世界にいた頃と変わらない。

「炎殿に聞いたんだけど、慓候は君たちを戦力に加える気満々なんだって？　このままだと魔法学舘を卒業したら西へ引き戻されてしまうんじゃないか？」

「まあ、僕の肉体が月氏の三男であることに間違いはないんだし、そのおかげで僕は衣食住に苦労することなく魔法学舘で魔法を学ぶことができたんだし。色々と大変そうではあるけれど、これからこの異世界で生きてゆく上で貴族の子っていう身分は大きなアドバンテージになると思うから」

「君ねえ。西に行ったら魔物と戦わなきゃならないんだよ？」

森で出会った怪物のことを思い出し、阿波谷は身震いする。だが、魔物と対峙したことのない伊月は恐れるどころか子供のように目を輝かせた。

「実のところ、ちょっとわくわくしてる。魔物と戦うなんて、エキサイティングじゃない？」

「魔物の恐ろしさを知っても同じことが言えるかな？」

阿波谷も思う。あれを見たらきっとそんな風には言えない。何も知らないからゲームのように簡単に魔物を狩れるつもりでいるのだろうと。しかし、伊月は、阿波谷が考えたのとは違う角度から魔物退治について捉えていたようだった。

「でも、もう誰がやっても変わりない仕事に神経を擦り減らすのは厭だから。同じ時間を費やすなら、誰かの役に立てているって感じられることにしたい」

元の世界にいた頃、仕事から帰ってきた伊月はいつも疲れた顔をしていた。

「それに短い間とはいえ滞在したから知っている。月氏は良くも悪くも実力主義だから、活躍すればちゃんと扱ってくれるって」

「僕はあんまり簡単に決めない方がいいと思うけどなあ」

「大丈夫。僕はまだ魔法学舘の一年生だし、卒業したら賢者さまが師になってくださると約束してくれている」

望みうる最高の師をいつの間にか確保していた伊月に、月輪が口笛を吹く。

「独り立ちできるまでの年数は人によってそれぞれらしいし、猶予はいくらでも作れる。一人前の魔法使いになるまでゆっくり考えてゆくつもり。この間の騒ぎのせいで公の息の掛かった魔法使いに師事しなくて済んだのは幸運だったかも」

「いつ兄。賢者とも寝る、のか?」

阿波谷は肩に乗ったままだった伊月の手を掴んだ。

炎という男の持つ魔力は凄まじい。寝れば魔力が著しく増大するであろうことは明らかだ。

「何考えてんのかな、けー。そんなことをしたら、淡雪《ダンシユエ》さまが泣いてしまうよ。それに淡雪さまのご実家――北の雪氏は皆、淡雪さまを溺愛してるんだって。きっと賢者さま、死んだ方がマシっていう目に遭わされちゃう」

伊月が身を屈め、左の狼耳にキスしてくれる。

「心配しないで、けー。僕はけーだけのものだよ」

ひゃあお熱いねえと月輪が囃《はや》す。阿波谷は顔を仰向けると、伊月の頬に手を添えた。引き寄せてもう一度唇を重ねる。月輪が帰ったら、合コンについて釈明してみようかと思いながら。

+　+　+

魔力を得てから、伊月の成績は急上昇した。魔法学舘はこちらではエリート校のようだがそのカリキュラムは元の世界に比べれば大分緩い。伊月は呪文の暗記も魔法陣を描くのに必要な魔法理論の理解も早かった。

阿波谷は平日は伊月につき従ってその身を守り、週末には共に翠領の城に通うという生活を送った。ずっと努力はしていたのだが卵を編むのは難しく、努力はなかなか実を結ばないまま伊月は魔法使いの卵から雛になった。魔法学舘を卒業し、翠領に移ったのだ。今は毎日炎《イエン》と行動を共にし、今度こそは本当に使い魔を使役できるようになるのだと意気込んでいる。

一つ目の卵を得たのは、翠領で一度目の冬が過ぎ、そろそろ夏が来ようかという頃だった。その旨は月氏にも礼儀として報告した。伊月の中身が入れ替わってしまっているということはもう月氏にも把握されているから、儀礼的な祝いの言葉を贈ってくるくらいだと思っていたのだけれど。

――なぜだ。

現在阿波谷は、翠領の城の一角に与えられた部屋で伊月と卵に会いに来た月氏の面々に囲まれていた。

元の世界ならクイーンサイズに該当するであろう寝台の上に寝そべる狼のやわらかな腹毛には卵が埋まっている。大きさはちょうど生まれたての赤子が丸くなったくらい。淡い桃色と灰色の大理石を継ぎ合わせたような色をしている。

「これがおまえたちの卵か」

中央に立つ痩軀《そうく》の老人が憬候、伊月の肉体の父親だ。既に真っ白になった髪を無造作に後ろへと撫でつけ、他の魔法使いたちと同じ、草臥れた黒衣を羽織っている。西を守り魔物と戦っているというだけあって眼光鋭く、頬に大きな傷痕があった。

「伊《イー》にどんな形であれ子ができるとはな。ああいや、貴殿が厳密には我らの弟ではないということは理解しているのだが。面と向かうとどういう態度を取ったものか難しいな」

少し困ったような顔をした、戦士然とした堂々たる体軀を持つ男が月氏の長兄だった。こちらも顔に大きな傷痕がある上に隻腕《せきわん》だ。痛々しい姿に、魔物の出没する領地を守る過酷さが窺える。

「ここで孵化《ふか》の日を迎えるつもりなのかな？　中身は異界の民とはいえ君の器は弟、憬領に里帰りしたらどうかと思うのだが」

朧月《ロンユエ》は卵に興味津々らしい。三人とも聞いていた話より当たりがやわらかい。

「お言葉はありがたいですが、存在が揺らいでしまうため卵に転移魔法は使えないそうなんです。孵化までどれくらいかかるかも決まっていないらしくて、移動途中で孵《かえ》ってしまったら大変ですから」

「そうか」

朧月が本当に残念そうなのだが、阿波谷は不思議だ。

「卵ができてからどれくらい経つのかな」

「一月《ひとつき》です。それまでは安定しているように見えても、散ってしまうことが多いらしくて」

そのため淡雪の一族の者たちは一生の間にいくつも卵を編むという。

「子もここで育てるつもりなのかい？　君の故郷は標だし、炎は単なる師なのに」

「でも、僕はまだ雛でしかないから師の元を離れられませんし、子は親が育てるものですから」

狼の腹がぐうと鳴る。伊月が寝台に座り、用意されていた鉢を膝に乗せた。山と積まれていた饅頭《まんじゅう》を一つ箸で取り、あーんと狼の口に運ぶ。

「ごめんなさい。卵にやる魔力を作るために、けーはたくさん食べなきゃいけなくて」

卵に魔力を取られるせいで現在の阿波谷は人の姿を保つのもつらいくらいだった。

淡雪《ダンシュエ》は阿波谷の卵を見て、とても食いしん坊のようだと評した。普通はこうも大量の魔力を必要とはしないらしい。魔力を編んでいる時にどこかで間違ってしまったのではないか、ちゃんと生まれてきてくれるだろうかと、阿波谷は気が気でない。

不意に標候が身を屈め、卵に耳を寄せた。伊月そっくりの鹿耳がぴくぴく動く。

「音がするぞ。生まれるのではないか？」

「――まさか」

合図をしたわけでもないのに一同が息を潜める。そうすると確かにかりかりという音が聞こえた。おまけに柄《がら》に紛れて気づかなかったが、亀裂が一本入っている。

それからが大騒ぎだった。知らせを走らせると淡雪も炎も駆けつけてくれた。

かりかりという音と共に徐々にヒビが増えてゆく。

ごりんと大きな欠片が敷布の上に落ちると、小さな前肢がにゅっと出てきた。

――あれ？

小さな前肢は何度か周囲を探ると引っ込んだ。そしてまたかりかりと音がし始める。

「……見たか？」

「はい」

みしみし、ぱきん。

焦れったいほど時間をかけ、内側から殻が押し割られてゆく。三分の一ほどもある大きな欠片が外れると、中から小さな狼の子が這い出てきた。

「……可愛いな」

そう呟いたのは、慓悍だ。

「生まれた……生まれたぞ……！　ははは、おめでとう、伊」

長兄がばしばしと伊月の背中を叩く。

流れる家族めいた空気に、阿波谷は戸惑いを覚えた。

子は全身しっとり濡れていた。ぽやぽやの和毛《にこげ》がぺったんこになってしまっているせいで、ただでさえ小さい軀が余計小さく見える。殻を割って力尽きたのか、上半身が出たところでへちゃりと潰れて動かなくなった。

子に触れようとして伊月は躊躇う。

「あの、この後、どうすればいいんでしょう……？」

問われた淡雪と賢者は顔を見合わせた。

「えっ……どうすれば、いいんだ……？　俺たちの子はいつも人間の赤ん坊の姿で産まれてきた

からな……」

「多分、アワヤさんが狼の姿の霊獣だったから狼姿で生まれてきたんです。まずは産湯《うぶゆ》を使わせてあげてはどうでしょう。乾いたら毛がぱりぱりになってしまいそうですし」

伊月がそっと狼の子を掌にすくい上げると、使用人が水盤と湯を運んできた。ぬるま湯の中にそっと浸けると、小さな狼の子はきゅうと小さな声で鳴いた。

月氏の面々もその様子を目を細め眺める。気のせいだろうか、公の目は潤んでいるようだった。

＋　＋　＋

みゅうみゅうという鳴き声で目覚めると、既に寝室に伊月の姿はなかった。夜中の授乳で寝不足気味の阿波谷は欠伸《あくび》をしつつ起き上がると、もがいている我が子の腹をつつく。

「まずは、トイレか……」

大きな背中を丸め清潔な布を使って、片手に収まるほど小さな狼の子の排泄《はいせつ》をちまちま手伝う。寝台に下ろすと、子は上掛けの上をよじよじと這い始めた。全然前に進んでいなくて、もがいているのと大差ない。目は開いたものの、まだはいはいもまともにできない子を見ていると、何とも言えないあたたかいものが胸の裡に溢れる。

――俺といつ兄の子……。

自分たちもこの世界に来た当初はこの子のように無力だった。助けてくれる者もなく、何も知らず、それでも生き抜くことができたのは互いの存在があったからだ。伊月がいなければ阿波谷はいまだに森で獣のように暮らしていたかもしれないし、伊月は人攫いに捕まって酷い仕事をさせられていたかもしれない。考えてみれば、二人とも危ないところだった。

だが、今、自分たちにはあたたかい寝台があるし、友達といえる人もできた。紺青《ガンチン》を始めとする魔法学舘の同胞たちとは何かと口実を作っては会う機会を作っているし――この時、阿波谷は狼姿で行く――、金剛《ジンガン》もたまに城に顔を出す。魔法学舘にいた時は教育者らしく取り繕っていたらしい。卒業した途端際どいことを平気で言うようになったこのおっさんに、阿波谷はいささか辟易している。

使用人にミルクを用意してくれるよう頼み、汗臭くなった寝間着から白い簡素な服へと着替えているとノックの音が聞こえた。開いた扉の向こうを見た阿波谷は仰天する。標候がいたからだ。

――領主ってそんなに暇なのか？

そう疑わずにはいられないほど標候は頻々と翠領の城へやってくる。

朧月に言ってみたら、初孫はやっぱり可愛いのだろうかと笑っていた。

――そう警戒する必要はない。父上も年を取って丸くなった。特に伊があなった――血の海に横たわっているのを見た時には、がっくりきたらしい。本人が思っているほど父上は冷酷ではないんだよ。魔物や貴族たちとしのぎを削らなければ家族も領地も守れない状況の中、冷酷であらねばならなかっただけで。それに君たちは努力家で健気で可愛いからね。

「食事の時間か」

続いて部屋を訪れた使用人の手元を見ると、熛候は哺乳瓶を取った。ミルクを飲ませる役をやりたいらしい。子をよこせとばかりに手を伸ばしてくる。

——まあ、いいが。

寝台に座った熛候に我が子を渡すと、慣れた手つきで飲ませ始める。ちっぽけな狼の子がんっくんっくと哺乳瓶に吸いつく姿はまるで天使で、目尻を緩めざるをえない。

この子は、伊月と阿波谷がこの世界で獲得した幸福の体現だ。

阿波谷たちはこの子を月氏《ユエ》の子とは思っていないが、この子を中心に月氏との結びつきは強まりつつあった。

誕生直後こそみすぼらしかった我が子は、毛を乾かすと見違えるように可愛らしくなった。片手に乗ってしまう小ささも、つぶらな瞳も、よたよたとしか歩けない足も、か弱い鳴き声も、食べてしまいたいくらい愛らしい。熛候ほどしょっちゅう来るわけではないが、朧月までこの子にはめろめろだ。

多分伊月と阿波谷は元の世界で失ったものを得つつあるのだろう。

——向こうの世界では俺たちは死んでいる。

葬式もとっくに済み、皆、もう自分たちを思い出すことも滅多になくなった頃だ。両親が元気でいてくれればいいとだけ阿波谷は思う。

「ただいま！　……あれ、いらしてたんですね、公。ミルクをあげてくださって、ありがとうございます」

黒衣をはためかせ風のように部屋に駆け込んできた伊月が標候に気がつき蹈鞴《たたら》を踏む。標候はどこかぎこちなく、だが尊大に頷いて見せた。

「……いや」

「朝の鍛錬が終わったので、これから朝食なんです。公もよろしければ如何《いかが》ですか？」

標候の本当の三男はすっかり萎縮してしまい、公や兄たちと会っても会話が弾んだ試しなどなかったらしいが、阿波谷の伊月は人懐こい。

「そうだな」

「すぐ準備させますね。けーは早く身支度してきて」

「ああ」

阿波谷は顔を洗いに行き、前髪もハーフアップにしてくくった。

寝室に戻ると、伊月は笑いながら標候と話をしていた。公と伊月の頭の上で忙しく揺れる鹿耳が確かな血縁を感じさせる。

もう、大丈夫だ。

何の脈絡もなくそんな言葉が頭に浮かんだ。

もう、大丈夫。欠けたものは修復されつつある。凝縮して、元の姿に。

阿波谷は公に歩み寄ると空になった哺乳瓶を受け取った。

あとがき

こんにちは、成瀬《なるせ》かのです。この「白銀の狼と魔法使いの卵」は、以前クロスノベルスさんで出していただいた「狼頭の魔法使いと折れ耳の花嫁」と同じ世界のお話です。

この世界で魔法学園モノも書きたいなあと前作を書いた時からぼんやりと思っていたのですが、そしてその時は、男となんかセックスしたくない落ちこぼれ魔法使いの卵とその気満々の魔法使いとのせめぎあいなんかいいなーと思っていたのですが、よく考えたら前作で学生の年齢を十〜十一歳に設定しちゃってたのでした。ラブを展開するにはちょっと早すぎ。でも、ちっちゃい子の学園モノも可愛いかもなどと考えているうちに、こんなお話になりました。もふもふのくだりを書くのが大変楽しかったです。成り代わり要素も！　でもせめぎ合いもいつか書きたい……。

挿し絵は前作に続き小椋《おぐら》ムク先生です。届くラフがどれもこれも可愛くて、届くたびに感激すると同時に選べない……っと、幸せな苦行を味わいました。素敵なイラストの数々をありがとうございます！

最後にこの本を買ってくださった読者様に深い感謝を。少しでもこのお話を楽しんでいただければ幸いです。

CROSS NOVELSをお買い上げいただき
ありがとうございます。
この本を読んだご意見・ご感想をお寄せください。
〒110-8625
東京都台東区東上野2-8-7　笠倉出版社
CROSS NOVELS 編集部
「成瀬かの先生」係／「小椋ムク先生」係

CROSS NOVELS

白銀の狼と魔法使いの卵

著者
成瀬かの

2020年7月23日　初版発行　検印廃止

発行者　笠倉伸夫
発行所　株式会社　笠倉出版社
〒110-8625　東京都台東区東上野2-8-7　笠倉ビル
[営業]TEL　0120-984-164
FAX　03-4355-1109
[編集]TEL　03-4355-1103
FAX　03-5846-3493
http://www.kasakura.co.jp/
振替口座　00130-9-75686
印刷　株式会社　光邦
装丁　磯部亜希
ISBN　978-4-7730-6038-6
Printed in Japan

CROSS NOVELS